天穹

THE BOOK OF JOAN

圣女贞德

（美）莉迪亚·约克纳维奇 著Lidia Yuknavitch

王永宇 译

河南人民出版社

图书在版编目（CIP）数据

天穹：圣女贞德 /（美）莉迪亚．约克纳维奇 (Lidia Yuknavitch) 著；王永宇译．— 郑州：河南人民出版社，2020.6

ISBN 978-7-215-12351-9

Ⅰ．①天… Ⅱ．①莉… ②王… Ⅲ．①幻想小说—美国—现代 Ⅳ．① I712.45

中国版本图书馆 CIP 数据核字（2020）第 043666 号

豫著许可备字 -2019-A-0205

河南人民出版社出版发行
（地址：郑州市郑东新区祥盛街 27 号 邮政编码：450016 电话：0371-65788067）

新华书店经销　　三河市金泰源印务有限公司印刷

开本 880 毫米 ×1230 毫米 1/32　印张 9.25

字数 280 千字

2020 年 6 月第 1 版　　2020 年 6 月第 1 次印刷

定价：45.00 元

本书献给布丽吉德

我们都是星辰下的生灵。

——多丽丝·莱辛

· · · ·

异性恋是危险的，它将使你执着于情欲的完美对偶性，会扼杀其他故事选项。

——玛格丽特·杜拉斯

· · · ·

要小心谨慎地了解有关美和相异性的故事，要仔细判别哪些故事是“作数”的，因为它们会产生撼动地球的后果。

——《圣女贞德》

第一卷

FIRST VOLUME

前言

在希克苏鲁伯陨石撞击地球造成恐龙大灭绝的数十万年前，位于现在印度德干玄武岩地区的火山反复活动，它们喷发出硫磺和二氧化碳，使得大气层充满毒性，生态圈也因此极其脆弱。

可以说，在陨石撞击地球之前，包括恐龙在内的大多数生物的生存环境早已岌岌可危。

德干玄武岩极大地影响了生态系统，令天地昏暗，日月无光。然而，随着地质变动，死亡成为过去，地球随之重生。生命的毁灭到复兴并非是奇迹，而是因为生物有机体的不屈不挠、顽强执着。

生命像以往那样再度繁荣。从海底、河床到冰壳下的冰冻生物圈，再到地下洞穴最深处，它们发端于坟墓般的地球异界，比拼着多样性，目的只有一个：适应星际空间。

即便像这样的生态大灾难再次发生，生命依然会以某个随机变量为起点重新崛起。

第一章

燃烧是一门艺术。

我脱下衬衫，走向工作台，台子上面摆放着我的工具。我用合成酒精擦拭着整个前胸和肩膀，肤色在黑暗空间的映衬下显得格外白皙。我们居住于亚轨道综合体“天穹”，这艘飞船在无垠的太空中游弋。

透过厚如墙壁的窗户，我能够看到遥远的星团，它那充满催眠色调的气体，让我不禁屏住呼吸。这是怎样的一个微世界，如此之美妙！也许，我们需要一门新语言配合我们的新身体。

我也瞥到那个干瘪的尘土之星——地球，2049年的地球，我们以前的家园，如今的肮脏之地，笼罩着黑褐色的大气层。

放置在窗户上的一棵蕨类植物吸引了我的目光。呵呵，现在它已枯萎。说起来，我还真没有园艺才能，即便是在地球上的那些日子，我也没有养过花草。这棵蕨类植物，它的主茎弯弯扭扭，小得可怜，被一些墨绿色的细丝缠绕着，植株枯萎，叶片凋零，如同一只死了许久的老羽鸡。它所进行的是完全人工化的光合作用，如果暴露在现在的“太阳”底下，马上就会因为臭氧层的缺失而死亡。即便是处在所谓“高等级技术环境”（STEs）的保护下，我们每天还是忍受着太阳耀斑的辐射。

我有很长时间没从外面观察“天穹”了，但仍记得它看起来就像是幽灵的白色手掌上延伸出了数不清的手指。我们就像是太空中的垃圾、迷宫中的老鼠。这是一片距离太阳足够遥远的栖息地，然而并非安全距离，一步失误或将导致我们被太阳焚烧。在这个漂浮在太空中的人造空间站里，和我们一起苟延残喘的还有统治者让·德·摩，他语言激烈，喜欢掌控一切。我们，是地球生命的余晖。“天穹”由废旧空间站和退役外太空军工厂的科研部分改建而来，生活在这里的我们人数足有几千，分别来自过去地球上的几百个国家。我们中的每一个人都是之前的所谓“统治阶层”。身下奄奄一息的地球正被我们通过隐形的脐带状高科技管道榨取着资源，我们把些管子叫作“天索”，这听上去可是个浪漫的名字。

像所有生长在“天穹”上的绿色植物一样，这棵蕨类植物是克隆体。那么，我又是什么呢？正如他们重复了几百万遍的说法，我们这群人是因“臭氧、大气和磁场剧变所产生的形态学上的巨变体”。好吧，对于我们这些“统治阶层”来说，这真是一个宇宙级的笑话。温和知足的人的确继承了地球，而有钱人却像山雀一样将地球吮吸干瘪。我们无法判断究竟还有多少温良之人幸存。我长叹一声，气息如此沉重，似乎能看到它离开我的嘴巴。“天穹”里的空气极其混浊，你甚至可以感觉到它的流动。

有首歌镂刻在我的骨骼之中，出处却无从知晓。歌曲的曲调似乎无处不在，但又难以触及；音符恰似太空垃圾一般肆意飘荡。很多次我都以为自己会被它逼疯，然而随即我又意识到会不会变成疯子对我来说一点也不重要。

今天是我的生日，这首歌中的片段又不知道从哪儿冒出来了，它浸入我的身体，如同断断续续的管弦乐，音调时高时低。声音占据了我的脑袋和耳朵，引起的震动令我体内的每一块骨骼都随之共鸣，然后又归于平复。所谓“生日”，纪念的是飞升前的最后一年。今天的我已经49岁了，身体已经老化，对于这个资源有限的封闭系统来说已是威胁。“天穹”的统治者允许人们在大限将至时在剧场中用一部舞台剧来纪念自己，然而不管你活着的时候如何风光，死亡都意味着真正的寂灭。在我的记忆里，早些年人们还坚信飞升意味着能够进入更高的境界，不仅是从一颗已经被废弃的星球逃亡至浮空世界，更是精神与灵魂的真正升华。现在还让我感到荒谬的是，我们在哲学、神学和科学上所取得的巨大成就竟然都是基于抬头仰望！所有的动物，无论视觉、智力与知觉上有无区别，都知道抬头仰望。然而这又如何呢？也许不过只是一种条件反射而已。

我早已知道，对让·德·摩的帝国来说，我们人数太多。要使帝国维持下去，我们只有两条路可走：要么继续发掘蕴藏于地球上的剩余资源，要么使自己进化成为无须依赖老式食物与水的新人类。当我们死后，尸体会回收利用，这是人们在“天穹”中成功开发出的生物技术成果之一——从死去的人身上提取纯水。这一技术不断进步，现在人们已经可以从一具新鲜尸体上提取一百升的淡水，可以满足一名生者20天的用量，但这项技术的效率还不够高。

没有人知道这些技术是否或何时会得到改进。我们只知道我们曾尝试过穿着太空服并对尿液与呼出物进行回收——许多人因为由此产生的生物毒素而殒命。于是我们选择继续从大地母亲那里汲取养分，将她早已充满病态的躯体榨干。

我和那棵蕨类植物互相注视着对方。我来到“天穹”的时候只有17岁，那时的我正饱受单相思的折磨，由荷尔蒙所引发的爱慕之情让我无法自持。现在的我已经49岁了，距离飞升还有一年。如果说荷尔蒙对于我们还有什么剩余的意义，最多也就是残存于潜意识中，静待另一个纪元的到来。或许，人们将会进化到无性社会，这早有迹象，又或者这仅仅是极度绝望之中的一厢情愿。我的喉咙发紧，“天穹”上从没有新生命诞生，只有一群十八九岁或二十岁出头的年轻人，至于他们之后是否还会有候补者，没人知道！

这是我的房间：很时髦，装饰有蓝灰色的岩石板，一张铺着记忆海绵垫的金属床，还有一张桌子、几把不同样式的金属椅、一间圆柱形的浴室以及人体废弃物处理站。

房间中最引人注目的是一扇单层窗，站在窗前能看到太空，给人一种被湮没之感。窗户配置有防护罩，将随时都可能夺走人类生命的阳光隔离在外，它像是一个黑洞，如捉迷藏游戏中的孩童一般，悄悄地靠近我们的身旁。

这是我的家："天穹"。一个远离家的"家"。

我独居于自己的房间中。"天穹"里还有其他的居民，我也曾有过一位丈夫。"丈夫"这词在这地方不过是个词语，就像"家""大地""国家""自我"一样。也许我们经历过的所有事情都不过是几个单纯的词汇而已。

"开始记录！"我对着房间中的空气喃喃说道，如同曾经岁月中的一名祷告者。

"视听传感？"一个人声回应道，它听上去有点像我母亲的嗓音。"母亲"，另一个其涵义正在记忆中逐渐消逝的词汇。

"是！"我应答。整个房间开始震动，似乎有了生机，开始记录我做出的每一个动作和发出的每一个声音。

在被夺去肉体、归于尘土与能量之前，我想给我两份生日礼物。第一份是被记录下的历史——是的，我知道，虽已尽力，但有很大可能它根本不会引起史学界的注意，但从另一面讲，更小的视角能够推动历史的进步。不管怎样，我人性上的自我强迫感驱使我将发生的一切讲述出来。

第二份礼物则更偏重于实体经验。我是一名痕刻专家。痕刻是故事表达的新形式，我希望能把知识和技能留给后世。希望我的最后一份痕刻作品能够成为巨作。

我已涂抹好皮肤收敛剂，肉体呈现出淡淡的粉色，略感紧绷，仿佛在表达自己微微的不满。我将一个全身镜置于面前，将它稍微倾斜以使自己能够全部呈现于镜中。那首歌依然存在，在我的脑海中响个不停，不时地使我的胸腔产生共鸣。

我身体的大部分毫无性征可言：头颅如同涂蜡一般苍白，没有眉毛和睫毛，嘴唇也不丰满，脸颊、肩部、锁骨那里的骨骼却格外突兀。同样凸起的还有我们身上的数据点，我们依靠它进行科技交互。原本应该属于乳房和耻骨的部位仅仅有着些许隆起——一点儿女人应该拥有的性征都不存在。我清清喉咙，开始讲述："我是克莉丝汀·皮桑，拉斐尔·皮桑和伊索尔达·皮桑夫妇的次女，以下是本人的口述历史。"我短暂地回忆了我的父母、丈夫、朋友和邻居，以及其他在我地球童年中有着一席之地的人们，他们全都早已逝去。想到"天穹"中的人们在死后所转化成的那摊牛奶糊般的残留之物，我禁不住想要去呕吐或者哭泣。

我的皮肤……就像西伯利亚荒原，阴冷而刺痛。收敛剂所产生的微弱的灼烧感让我记起身上依然存留着神经末梢，鼻孔所感受到的刺激性气味提醒着我仍能感受到感官刺激，而传导至我脑中的数据显示出我的神经元突触还在工作。我想，我还算是人类。

蕨类植物和我依然对峙着。我们是多奇妙的一对，一个经历了太多的智慧体和一棵过于克隆化的植物，毫无意义的一对幸存者。但是，这么些年过去了，我终于找到了存在的意义——从所谓的历史中提炼故事，然后用我的身体和艺术将它记录下来，让语言和生命得到升华。而要做到这一点，我就必须将某个杀戮场景重现。

这个冰冷阴暗的房间让我的乳头发硬。我面前的台子上摆放着我的痕刻工具，可以给我黯淡的生活增添一丝乐趣。我躯体上未经创作的空余部分散布着大片鸡皮疙瘩，这是神经应激反射所带来的一点精妙美感，不知道以后的人类还会不会再有这种人体反应。

看了下镜中自己的眼睛，我继续我的讲述。

“在任何情况下，你所使用的敲刻工具都不要比一把手持扳手大，皮肤的类型也很重要，切口的深度以及伤口在愈合过程中的护理方式也要引起重视；伤痕在愈合过程中会扩大；比起敲刻工具，电烙器械则更为称手。”

我进行着教学。

我将手持喷灯靠近一把小刻刀的头部。

“如果你只想制作一个标志用来表达简单的涵义，那么分雕法要优于连刻法。这样你既可以在纹写过程中更加灵活，也能更好地阐述其意义，至少能够将其形态塑造出来。例如，在创作一个V型图案时，相较于使用某个V型金属头的器械，用单独的两条线将其描绘出来所取得的效果会更好。但是在创作复杂图案、华丽图形、曲线以及由线条、语言与措辞构成的复杂作品时，电烙法便是不二之选。”我拿起一把电灼笔，“它看上去就像以前的钢笔一样……”我小声说道，“不过笔尖部分更宽一些。”我举起自己的胳膊以展示不同的图案：希伯来文、印第安文、阿拉伯文、梵文、亚洲文字以及与数学和科学有关的文字与符号。

“看到了吗？这符号是π。”

我在身体的私密部分还隐藏着其他的劙痕，秘而不宣。比如说那一对美丽的蝴蝶翅膀，华丽而辉煌。

我开始进行评论：“表皮在灼烧时会发出一种木炭般的气味。”我稍作暂停，看了眼镜子里的自己。尽管我们都早已习惯了自己的全新形象，但不得不承认：生活在“天穹”中的我们都奇丑无比。首先，我们会面临毛发全部脱落的问题；其次，皮肤中的色素也会逐渐消失。“天穹”为人类带来了新躯体，人们如同一群由白色大理石雕塑而成的群像，却远不及古代雕塑那般美丽。造成我们的身体出现这种状况的原因尚不清楚：也许是因为生态灾难，也许是由于某种古老的病毒，也许是“天穹”中的环境建设出现了失误，也许仅仅是对我们毁灭自然世界行为的天谴。我曾想过，除了这瘆人的白色，我们的身体接下来还会遭受些什么，难道会变得半透明吗？尽管肤色曾用于区分种族与阶层，也曾流传过某些杜撰之言，但地球上的人类从来都不是真正意义上的白色。然而，在“天穹”，这里的人类确实是不折不扣的“白”，白得沉闷而呆滞，如同剥了壳的熟鸡蛋。

我继续着自己的工作。

“尽管在技术上可以使用医用激光来制造劙痕，但这项手艺使用的却不是激光，而是利用电灼笔以电能来对皮肤进行切割和烧灼，类似于地球时代的弧光焊。电火花从长柄电灼笔的笔尖发出，打到皮肤之上，将其烧灼。”

拿起自己的电灼笔，我早已习惯于它所制造的怪异痛感，不但不会畏缩皱眉，甚至都没有什么身体上的反应。比起生命乐章的停止演奏，一切痛疼都算不得什么。

“这是一种更为精细的痕刻劙痕的方法，艺术家可以控制皮肤伤痕的深度与类型。如果使用传统的直接刻写方式，高温会传导至劙痕的周边人体组织，将其灼伤并损坏。与之相反，电灼刻写会迅速精准地令皮肤汽化，周边皮肤只会受到很小的损伤，甚至完全不受影响。看到了吗？”

我锁骨附近的皮肤滋滋作响，我在胸部之上刺纹了很多微小而晦涩的象形文字，新鲜的伤口泛着红色。

我的胸口就是我的画布，未来的几个小时，我将在这块画布上完成我作品的首章。

“痕刻完成后，可以使用这玩意儿来减轻疼痛，促进伤口的愈合。”

与生命有关的所有事物都是多层次的，比如说皮肤就是由表皮、真皮和皮下组织一同构成的。因此，我的故事要有其寓意。

“曾经有过一位叙事痕刻家，他的作品备受推崇，而这个人就是我们现在的独裁者让·德·摩。我曾公开质疑过他的文学价值，那可是我在‘天穹’中第一次引起别人的关注。”

我停顿了一下。“暂停！”那些事物的名字，他们似乎在嘲笑我们的愚蠢。我记得，在大混战和生态大灾难爆发之前的地球上，“天穹”曾是某个国际环保组织的名字，还有一个供年轻人玩的电子游戏的名字也叫“天穹”。如今，我们却用这个词指代这个悬浮在宇宙中的世界，这个由我们打造出的糟糕神界。

再说说让·德·摩。我时常觉得这名字非常荒诞：英文的意思是“男人约翰”。他在“天穹”中所创作的叙事痕刻被认为是我们这个年代的顶级作品。不知为何，人们都觉得他的作品是有史以来最伟大的文字，他的作品似乎主宰了时间，地球的历史和万事万物都浓缩其中。

我开始头疼了。

那首歌又开始在我的脑中回荡，就像管弦乐队在进行演奏。我像暴躁的武士一般奔向我的藏宝箱，那里放满了令我无法割舍的地球物件。我将箱子推到一边，因为真正的宝藏藏在它的下面——地板里有个储物格，只有我的声音能够将它开启。

格子里是一个普通纸箱。在这样一个无纸化世界里，纸板箱也并非一无是处，它就像是……呃，石油？黄金？我打开箱子，里面盛满了CD光盘、录像带和其他地球时代的记录媒介。我开始倒腾这些宝贝，张牙舞爪的样子就像是一只焦虑的蜘蛛。

我对找出的这个东西了如指掌：这是一个磨损了的U盘。我把U盘靠近自己的颈部，那里和太阳穴、耳朵与眼睛一样，都有数据接口，可以同媒体进行交互——我们的大脑中被埋入了专属的纳米植入体，能够输出我们的思想并将其展示在靠近皮肤表层的空间之中。

我的房间立马充满了全息投影：它们是有关让·德·摩发迹历程的片段，绝对称得上一部完美而恐怖的消费文化史。他早年是一名自救大师，后来成为一名星光璀璨的作家，在世界各地有着数以千万的拥趸，后又进军电视媒体。在地球时代，电视是一种小型的传播装置。最后，随着媒体进化成人们家中的演示厅，让·德·摩开始走向神化，他的表演在形式上也变得越来越暴力。让·德·摩由投机取巧的作秀起家，随后升级为拥有众多粉丝的名人，进而掌握亿万财富，最后终于成为法西斯独裁者，没人知道他下一步还想干什么。当大战爆发后，让·德·摩摇身一变成为残暴的军事领袖时，没有人觉得奇怪，因为这已是水到渠成之事。

当这个看上去不可思议的名人掌控权力后，我们的生活也就变成了真人秀。

我无法直视人类这种生物。

人类总是认为那些不可思议的事情是不会发生的，天真地认为如果不去想某件事，那么这件事就不会真实地存在。让·德·摩是一个集军事独裁者和精神巫师于一身的奇怪组合体、一个嗜战的江湖骗子。在危急时刻，由于我们的薄弱意志和失误，他乘虚而入，迅速掌控权力，如同沙堆中钻出了一条肋骨。人类是多么可悲，仅为那一点点改变而沾沾自喜，就像历史反复重演的那样，在耀眼夺目之物给予我们乐趣并使我们沉浸其中后，人类便走向自我毁灭，最终堕落为亲手造就的那头怪兽。

我注视着全息视频的一个片段——图像里面是让·德·摩，他的脑袋十分怪异，就像是植物球茎。前额几乎占据了他花哨的面部。他喊道："你们的生命不是为他们而准备的，那些人执着于地球，执着于不可持续的生活，只不过是些抗拒未来的腐烂碎屑！地球不过是我们走向飞升前的临时宿营地，如果能够将视野转向更高的真理，你们的生命就会变得充满意义，富有价值！"我记起了这句话——它们出自让·德·摩的那些激情洋溢的演讲。是的，他会诵读自己名言中的精华，让"天穹"的所有房间每周都播放这些内容。

胆汁在浸泡着我的喉咙。

我跳过这段愚蠢的录影，希望能够找到那首歌，但没有发现和它有关的一丝踪迹。我对自己产生了质疑：为什么我会把这首歌与让·德·摩联系在一起？难道我认为这首歌很能传递出让·德·摩掌权过程的荒唐感吗？而且，如果它不是在那个时代诞生的，又是从何而来的呢？这首歌几乎是从我身边的宇宙中凭空出现的，而宇宙如此浩渺，有时我会感觉“天穹”居民就生活在一个巨大的嘴巴或喉咙之中。

“继续视频录制，”我深吸一口气说道，“记录返回至上句。曾经有过一位叙事痕刻家，他的作品备受推崇，这个人就是我们现在的独裁者让·德·摩。我曾公开质疑过他的文学价值，那可是我在‘天穹’中第一次引起别人的关注。”我擦了擦自己的眉骨，尽管已经很多年没出汗了，我仍确定自己感到那个地方已经湿了。

“首先，他的痕刻作品非常浪漫，名气非常大，买家很多，也被一群所谓的专家追捧，收到了很多荒谬的溢美之词。尽管没有人愿意承认，即便是其作品的廉价仿冒品也在黑市的肮脏小巷中被那些喜欢讨价还价的购物者所热炒。所有地方所有人都想要一件他的作品。

“为什么呢？因为即便是在这样一个去性化的世界里，爱情和歌颂它的欲望、渴望、情欲、追求、得到与幻灭一样始终拥有顽强的生命力。最后，在‘天穹’之中，每个人的生命周期都是被限定的，以此作为交换，人们可以享受一段聊胜于无的人生。对于我们这群得以幸存与飞升的人来说，人生最后的愿望肯定不会是权力金钱、财富名利。每个人最后的愿望都会同爱有关：希望自己能够体验到爱情的简单与纯洁，不管是什么样的爱情——简单之爱、高尚之爱、禁忌之爱或者盲目、愚蠢、充斥着蹩脚谎言之爱，只要与孤独、孤单、性压抑相反，与无人可关心、无人可倾诉的境况相反，任何爱都可以！对于爱的渴求超越了对于神灵或科学的渴求。人们对于爱的追逐已经变成了鸦片。在这个丧失生育繁衍能力的世界里，爱情故事的地位至高无上。

“这种渴求如同飞蛾对火焰的追逐，让人禁不住想去与太阳同归于尽，或在故事中被活活焚烧——至少在故事里，我们的肉体依然充满欲望，依然能够按照自己的意愿自由行事。

“你瞧，磁场的剧烈变动会导致生命在形态学上发生重大变化，每个人都知道这迟早要发生。但是，没有人知道这些改变在生态大灾难爆发后将会以怎样的速率出现，也不确定生态大灾难会引发何种类型的辐射。巨变在我们身上发生得如此迅速，甚至快过它们对小白鼠或黑猩猩产生影响的速度。造成这一局面的原因是辐射加剧了生态大灾难的影响。简单来说，我们‘退化’了。我们在性形态上的变异与退化发生得更迅速，快得甚至你都来不及喊一声‘我操’。

“生殖器官被毁掉了，人类身体再也无法展现出最基本的欲望和对于未来的憧憬。在陷入绝望与自我否定后，我们把希望寄托在科技及其掌控者身上，对我们而言，他们就是唯一的救命稻草。在厌倦了电视、电影后，在社交媒体无法满足我们的欲望后，在尝试过全息图影、虚拟现实、药物以及一切其他能够改变生命状态的不可思议之物后，某个地方的某个人开始绝望地将目光投向自己手臂上的那片令人感到可悲的皮肤，第一次将这块地方视为发泄的出口。”

我不禁深吸一口气，将空气锁在自己的胸腔中。我伸出双臂，双手环抱住自己，镜中的我如同一只缥缈的蝴蝶。我将空气呼出，胸部皮肤随之塌陷下去，如同一条泄了气的口袋。

皮肤。新的纸张。新的画布。新的荧幕。

通过痕刻，人类将自己残存的肉体变成了艺术。

“随着欲望的苏醒，在这片宇宙中的失落天堂里，皮肤痕刻诞生了。”我在房间里踱步，自言自语，继续讲述，“痕刻就是使用皮肤来讲故事，它是文身的衍生、盲文的近亲。没过多久，通过一个人的皮肤纹理便可以判断出他的财富状况和社会等级。我们当中最为富有的那些人，他们的皮肤就像是崭新的羊皮卷重叠抄本，傲气十足——痕刻层层叠加，深度如同三级烧伤，愈合后的疤痕呈现出层叠的白色曲线、隆起与脊状纹路。痕刻如此密集，要盯住他们的脸部好长时间才能隐约找到眼睛和嘴巴的位置。他们的面部如同一张中世纪时代的白色桌布，而手上也布满了复杂而苍白的疤痕与隆起。

“从那时起，我便开始从事痕刻：与性欲有关的小痕刻特别适合在下巴与肩膀之间的区域内镌刻，那里的曲线柔美可爱。当一个人因害羞或渴望而扭动脖颈时，那里会形成一个小小的肉沟。试试看，当你把下巴向肩膀倾斜时，就会找到这种感觉。

“我将痕刻变成了一份不错的事业，可以满足我的生活之需。我的丈夫因‘天穹’中发生的首波瘟疫去世了，在那之后我需要自己养活自己。”

我想说出丈夫的名字，他的名字就在嘴边却说不出口。他走得太快，不过须臾之间。悲伤令我的生活愈加空虚，如同黑洞吞噬着我。

“我的痕刻并没有什么出彩的文学价值，却能满足人们的某种需求——人们在白天感到孤独或沮丧时可以轻轻地抚摩这种小面积的可爱痕刻。把眼睛闭上，用手微微接触自己的颈部，脑海中便会浮现出曾经的浪漫瞬间。女性尤其喜欢光临我的生意，当然也有男顾客，我想这些人都很多情。在丧失大部分感知能力后，情感也许是驱赶寂寞的最后武器。

“男人是一群最寂寞的生物之一。没有母亲，也不能孕育婴儿，除了下体的那点性器官外没有其他可供自我慰藉的事物。这可能是他们在丧失性交能力后变得更加好战的原因。在像小虫子般皱皱巴巴的阴茎被阉割后的今天，又有谁不会谅解他们的那些过激行为呢？

“我丈夫生前也是一名皮肤痕刻师。但他的作品更为炫目：只适合在私处纹写的痕刻，充满了玩世不恭、粗鄙和低级趣味。所谓的‘私处’实际上不过是阴茎、阴道、肛门、乳房、双腿之间的私密区域以及其他性欲发生区的残存部位而已。他的作品被认为是属于贫民窟的低劣之作，将这段历史加以完整记述会是个不错的主意……”我可以感到自己的双眼正在放光。

“值得一提的是，最能凸显出富贵地位的头部痕刻也是最浮华的，或者说是最丑的，这取决于你对阶层划分的观点和看法，因为这些痕刻作品突兀而卷曲，就像历史上那些巨大的扑粉假发一般——痕刻从男人或女人的头部往身后倾注而下，如同骨头和脑髓从他们的光秃的头顶渗露而出，顺着脖颈慢慢地翻滚流淌，看上去就像海泡石上的瘤状物，沿着后背一路倾泻。他们将肌肤拉伸后进行烙刻，如此反复。你可以试着想一下！

“我不知道为什么自己开始做有关于海洋和高山的梦，可这里明明没有大海和山脉……它们的雄伟是这里的人无法想象的……”

我听到自己的声音逐渐弱了下去。“暂停。”离题之言让我觉得到胸口有一些痛楚，就像有人用一把枪顶住我的乳沟。我注视着窗外那一片静寂中的虚无，远处的地球不过是个模糊的圆点，而它似乎也在盯着我，如同看着一个疯子一样。

在我死前，我想再次踏足地球。但这是不可能的。

在人生的最后一年，我的脑海里常常泛起一种神秘的思绪：那个传说中摧毁世界的女人，他们都说她已经死了，我们也都亲眼看见她被处决。但是，人类总是会笃信任何事物，尤其是那些有着奇妙传奇色彩的。所以尽管我有些玩世不恭，人生阅历也不浅，却也愿意将精神寄托给这个女人，如同地球时代人们对神灵的信仰——在以前的时光，旧人类会创造一些传说，人为地制造出神灵。官方不厌其烦地对这个女人的死亡进行宣传，如果超出官方版本所设定的人物形象与情节，哪怕是说出这个女人的名字、散播她的形象或传说都会构成犯罪。所以，我将自己的思绪与意愿按捺在心中，清清自己的喉咙，说道：“继续记录。”

“我是一个女商人，创作是为了赚钱，我在靠近脖子的颈动脉处所创造的叙事纹刻满足了人们的特定需求。”

又有什么东西吸引了我的目光。

哇哦，有一只蜘蛛正从那棵蕨类植物上沿着蛛网吊下的蛛丝爬向我的胳膊。慢慢的，它爬到了我的身上，让我感到一阵瘙痒。我看着它一路从我的手腕爬到我的臂弯，不禁在想，还有多少蜘蛛存活了下来，是否它们在某天也会消失，就像那些我们曾竭力运送至“天穹”中并花力气进行克隆的动植物和所有其他事物那样。可笑的诺亚方舟——可偏偏克隆和改进的都是些让人喜欢不起来的地方！但是，我必须承认，蜘蛛要比蝴蝶强——这里的蝴蝶在破茧而出后全都是半成体，状态介于幼虫与羽化成体之间，这不得不说是个让人极其悲伤的故事。它们拍打着发育不全的翅膀跌跌撞撞地飞行着，提醒着我们进化是一个充满凶险的历程。

我身体上的这段痕刻故事需要进行愈合，然后才能继续创作。于是我再次使用了温和的收敛剂，所产生的刺痛如同沉沉低语，让我不禁向胸口轻轻地吹气。

在镜中，我身体上所有的部位都是红肿且难以辨认的，但下一步还需要将文字镌刻在上面。不久之后，我的皮肤上到处都会是比皮肤更白的刺字，将我胸部的所有女性特征隐去。

我年纪足够大，所以小时候读过书，看过电影，也学习过艺术和历史。所有事情都记在我的脑子里。曾经有一个故事，有一个女孩，她是一名伟大的战士，却在自己女性光辉最为闪耀的时刻被杀了——整个世界因此而倾覆，不是吗？地球依然在我们的身下漂流，但存留在地球之上的生灵被震撼了。地球之上的我们苟延残喘，如同一群可悲的天使，但同样也因这个女人的死而受到巨大的心灵冲击。

但是，并不是所有的传奇故事都会变成历史，也并非所有的文学作品都值得被封为传奇。“继续。”

“还记得让·德·摩吗？长久以来，这个名人的作品被认为是衡量叙事型特别是浪漫类痕刻的黄金标准。他的创作能够完美地贴合胴体，格外具有诱惑力。据说拥有他的痕刻作品的身体如同被爱情故事所包围，好似依偎在了梦寐以求的恋人的怀抱之中。

“在我看来，所有这些不过是些猪粪，让我非常愤怒。”一想到猪或其他动物，我的喉咙便如同针扎般痛涩。

“我知道，我算个什么，竟敢挑战这个男人，这个备受赞誉的名人，这个硕果仅存的‘天穹’精英人士？不过，就像我说的，他的东西是猪粪，原因如下：他的作品里的所有女性角色注定会奸淫。他故事中的所有女性的言谈举止都会导致、印证和加速其被奸淫的过程。所有女性在情节中只有一个用途——用她们的肉体迎合男性的阳具，用阴道让男人体验瞬间的高潮——当男人满足欲望后，这些女人会如同垃圾一样被丢弃——当即处决或留下来慢慢等死，怀孕或被逼疯，通过婚姻或监狱被软禁或禁闭起来，或苟且偷生而沦为性奴……在他的世界里，女性在被残忍地强奸之后，在被处死之后，在发疯、囚禁、结婚之后，全都无比幸福。他大肆以这种残缺的浪漫作为修辞手法，将其奉为至上宝典，由此来侵浸人们的意识，为掌控权力披上宗教外衣。

"因此，以公众消费为战场，站在作者与作者进行对话的角度，我不断对这个人进行挑战：首先，我强烈地宣扬了对于性别的怀念之情。我对阴暗的征服方式、仇恨言论的描述以及人与人之间残酷暴行的过分渲染表达了谴责。为美化我们飞升至'天穹'，人们杜撰了充满杀气的神话，虚构了我们拯救人类文明的暴力传说——对这些言论，我也进行了批驳。尽管如此，我依然无法挑战现行的权力模式——在天空之城中，独裁者掌握着统治机器，他的臣民如同一群两脚羊，富有却毫无出路。我能做到的就是，通过不同且对立的艺术形式对让·德·摩加以驳斥，以意境对抗意境。

"我的情色痕刻改变了形式。现在的它们有备而来。我让死神和爱神结婚，准备重塑我们的身体故事——人类不是以生存为目标的牲畜，而是在无尽的永恒运动中体验地狱、创造与毁灭的生灵。

“如同宇宙一般。

“在我的文学抵抗运动中，几百名女性将爱人、丈夫和孩子抛之脑后，发誓效忠这一事业。开始，她们在阅读我作品的过程中改变了原有的女性忠诚思想，随后又急不可待地改变了自己的生活方式。毕竟，在这个地方，她们无法施展将自己打扮成性感尤物的才能，也没法成为男人的爱人或孩子的母亲，部分人的心理性别认同早已发生了改变，成为所谓的流性人，而其余的人也开始慢慢拥有了这种心理体验；更为惊奇的是，一些拥有开放思想的男性开始与我接触并分享某些观念。在交流的过程中，我们形成了某种共识，一种新理念开始成型并发生作用：有关男女区分的观念，或者说男女之间的差别，已经发生深刻变化，不复存在。我们组织起来，进行着热烈讨论，形成了探寻肉体真相的秘密团体。我们组织犹如舞剧一般的午夜狂欢派对，探索自己被重新定义的身体——也许我们是一种新物种，一种拥有其他性替代方式的新人类！我们用违禁品进行庆祝，希望能够永远地保持我们在人性、欲望、愉悦和痛楚方面的光芒与活力。对我来说，这也包括我的挚爱特林鸠罗。

“我的文学创作如此渺小，是什么赋予其媲美史诗般的影响力？皮肤，是皮肤为文学表达增添了史诗感。真正的媒介不是那些神圣的卷轴，也不是军事理念或充满争议的知识理论，而是皮肤这个人类仅有的残存之物，是它消弭了表达与生活之间的隔阂。词语最先消失，它们已融入我们的身体。

“我们在行星和辐射间进行着这种示威，这带给我无边无际的兴奋。反抗活动逐渐变成一种地下思潮，虽然我的作品不再那么流行，但它是火焰带给人类的火种。”啊，火焰！想到这里，我的录音暂停了下来。

在“天穹”中，房间内的光线阴沉黯淡，这是我生命中的最后一年。我感到两肩之间从脖颈直至肋骨区域的皮肤有些疼痛、红肿。我盯着镜子中的胴体，它似乎有些微微颤抖。贞德是被活活烧死的，却富有意义。她用一团火焰唤醒了曾在我们双腿之间燃烧的欲望之源。我已知道自己的战斗将最终走向何方，我已知道自己的终极目标所在。

我能感到那只蜘蛛爬到了我的脖子上，我正准备在那个地方创作我的私人痕刻。我将手掌聚成一捧，把蜘蛛捉在里面，想要将它攥死在我的手心。有谁会在乎一只死了的蜘蛛克隆体呢？不过我没有这么做，而是小心翼翼地把它放回那株蕨类植物的叶茎上。那枝条看上去非常可笑，蜘蛛一爬上去便迅速地吐出一根蛛丝，倒挂在那里悠悠荡荡。

求生欲如此之强烈。我的耳中能听到零星的震波；那首该死的曲子正在逐渐远离我的脑海，然而并未走远。

我希望贞德的传说能够重新回归。

太多虚假之物掩盖在真实的故事之上——异教徒，生态恐怖分子，让地球颤抖的凶残少女，我希望拨开这些污蔑之言，将一个真实的故事还原。

我希望用自己的身体来书写这个故事！

第二章

我的房门突然被打开，吓得那只蹲在蕨类植物上的蜘蛛慌张地从蛛网上掠过。我迅速在身上罩上一条蓝色的丝质长袍，将今天晚上的工作成果遮盖在衣服底下。衣物的纤维摩擦着我的皮肤，我感到一阵刺痛和瘙痒。还没看到来者是谁，我便听到了他的吼叫。

“克莉丝，你这颗让人迷醉的香醇鸽子蛋，马上滚出来！到这儿给我个吻，我今天的感觉真是太好了！”

他总是叫我“克莉丝”而不是克莉丝汀，我喜欢他叫我“克莉丝”，什么时候都不会感到厌倦。每一次看到这个男人，我的思绪都不停地颤抖，一分为二，一半回到过去，一半留在现在。

什么是爱情故事？

每一个早晨，每一个白天，每一个夜晚，每次遇见他，我都会想起那些爱情故事，它们不为人所知，不甚完美，却又不落俗套。是否现实中的爱情故事都会遵循固定的情节呢？对往事的回忆再次刺入我的身体。地球，14岁，我，还有深爱的他。我的眼前浮现出这样一幅画面：两个人，身材瘦削，动作笨拙，都留着齐肩长发，手肘、肩膀和膝盖一样都不少，看上去就像同胞兄妹。每个清晨与白天，几乎所有的夜晚，我们都厮混在一起，在森林和河床上，在上学与假期时，或者偷偷从卧室跑出，聚在一起玩自创的冒险游戏。我们或者绘画，阅读，仰望星空，漫步，或者干脆什么都不做，只是静静地发呆——我记得，他就像我呼吸的空气、生命的分子、手腕与颈部的脉搏、耳中的鲜血。我的身体慢慢成熟，从女孩变成女人。某天放学后，在一片郁郁葱葱的草坪中，我像个白痴一样扑到他的身上，两腮绯红，双腿颤抖，手臂紧紧地缠绕住他。我笑着轻轻地贴近他，愚蠢地吻了他一下，他的身体却一下子变得僵硬，猛地从我身边移开——他脸上的表情如此冷漠，无情地拉开了我们之间的距离，那距离好远，好长，就像到海王星，那个冰封巨人般的漫长。

“对不起，非常对不起。”他反复只说这一句话，我的初恋和最爱之人，我一往情深的恋人，在我面前定住了——他一直……都不喜欢女人，生理学上的那种。突然间，我感到了两人之间的疏离，似乎连他的皮肤也离我远去。

“我爱你，”他对我说，眼睛泛着泪光，“我爱你！”他从我的身旁跑开，我的世界崩塌了。

然而我的爱还在继续。无论是在那时，还是结婚后，抑或现在，我的爱都在，可是已经没有了能够承载这种爱的言语或肉体。

仿佛受了命运或财富的嘲弄，在“天穹”中我们两个又重逢了。我们永远成为不了恋人，但由于各种原因，我们还保留着自己的欲求——他的欲望开始沦为无休止的象征性淫乱，我的则蜕变为一种至死方休的痛楚。

现在，他将自己的欲望揉进逝去的古老语言内，汇入原始肉欲及登峰造极的淫词秽语中，嵌到一切实体和技术里，就像在对这个我们所居住的愚蠢空间说：“去你妈的！”

我被点燃了。

也许，我们是欲望最后的载体。

那个男人就站在这里。“男人”这个词语几乎等同于站在我面前的这个心肝宝贝。他已经完全异化为其他生物，彻底抛开了“天穹”中的所谓人性，全身的穿着仅仅是一双鞋子，而这双闪亮的黑色尖头长靴适合任何年龄的浪荡公子。他皮肤上满满的都是经年累月的痕刻，闪耀着蜡白色的光芒。脑袋光秃秃的如同婴儿的屁股，杂乱无章的痕刻图案随处隆起。透过古怪的肉体褶皱，能够看到他有一双泛着光泽的蓝色眼睛，如水般纯净。他伸出双臂，扭动腰肢将臀部朝向我，微笑着展示自己。嗯，即便他变成石像鬼，也依然是我的挚爱。

好吧，站在我面前的是一个荒诞怪异的生物。在他腹部我看到了某种新发明：一根复杂的皮带，被银色、血色和黑色物件点缀着，由皮条和银链固定在胸部和肩膀上，看上去就像是罩在胴体上的一张疯狂的蜘蛛网。网在身体的前面、两侧甚至后部蔓延，上面挂满了长约1英尺的点缀物，每个附件看起来都经过精心的焊接和雕琢，细节完美。点缀物如同吊穗，从他的身体上悬垂而下，让他看上去既像是在空中悬停，又像是在翩翩起舞。上面有两个近似于圆柱体的凸起物，它们的末端是青蓝色的锡球。还有两个有点葫芦状的物体，像之前的两个圆柱体一样银光闪闪，材质与做工相同，从背带上垂下，似乎固定有银色的小型马达。特林鸠罗摁开几个开关，然后他的臀部便开始嗡嗡抖动，让他看上去就像是个猥琐的大昆虫，我一度还以为他要飞起来了。

“怎么样？”他大喊着，身上的物件在嗡嗡旋转，一片喧闹。随着他的闯入，整个房间和里面的空气也随之震动。

我摸着脖子，假装吃惊地说：“天哪，特林鸠罗，你这是受伤了吗？还是被人上刑了？这到底是……怎么一回事？”我指着他的身上说道。

“哈哈！”他一边笑一边朝我走来，“到底？到什么底，我们这是在天上！这个小宝贝可全部是锻造出来的，是对你祈祷的回答。”

“我已经很多年没祈祷了，”我绕着椅子跑圈以避开他。我可以和他一起玩任何游戏，也能够在他面前表露任何肉体上的欲望。

他粗鲁地大声说道：“宝贝，过来骑上我。”在地球时代，那时我们俩还年轻，他沉湎于一款能够生成中世纪下流猥亵语言的数码程序。如今，他将这个癖好也带进了“天穹”，带进了我们愚蠢的成年时代以及被诅咒的现在。我喜欢他这样说话，每一句都喜欢。“我拿整个太阳发誓，在夜晚结束前，我能让你舒服得直喊‘上帝’！我喜欢听你的叫声。”

“特林鸠罗！”我怒斥，然后却不禁笑出声，从椅子后面绕了回来。我想去拥抱这个男人，却发现不可能越过这庞大的装置。“快把那玩意儿关上，老老实实地坐下来。跟我说话时得有个男人的样子。”

“得有个什么样子？”

就在这时，我们听到了晚钟的机械轰鸣，值夜的哨兵到岗，宵禁开始了。我小声说：“把它关上。”害怕他又会被囚禁起来。尽管他的眼睛依然灵光闪烁，但这些年的牢狱和刑罚所带来的副作用也开始逐渐显现。他额头上的血管看上去有些扭巴和老化，每当安静下来的时候，他的双手也会轻微颤抖，而且他的下巴有时也会跟不上说话的节奏。

我了解这个人的全部。特林鸠罗是一名技术精湛的飞行员，拥有最高等级的血统。除此之外，他还是一名工程师、发明家和插画家，天资远胜于周边的其他人。有时候人们会觉得他是个疯子——然而他的想法经受住了考验。瞧瞧，他的天分再次得到印证。尽管他的思想比历史上的达·芬奇或者霍金更敏锐，但这些年他在滑稽搞怪举止上出的风头已经盖住了他对于文化的贡献。

天才与疯子之间的界限有时比人体表皮层还薄。事实上，“天穹”这个漂浮在太空中的死亡之城，是由特林鸠罗设计和操控的。而且，他仍然拥有足够的知识来重设“天穹”的运行轨迹。

他关闭了机器。有一刻我不得不承认，那感觉就像所有的希望和喜悦已经逃离了这个房间。他回应道：“坐下来，像个男人？绝不！但是，我很乐意以生殖器企业家的身份与你交流。还有，我这里有些消息要告诉你。”他坐下来，双腿交叉，如同是这个世界里最普通的一个人。

“生殖器企业家，这是什么玩意儿？”我压低声音。我们的交流时间不会太长，他马上会离开的。

“就是你我都知道的那个，我双腿之间不复存在的那东西。呃，你的也不在了。”说到这里，屋里如同葬礼一般沉寂。我们的整个人生还有我们所失去的东西都沦为一场闹剧，而我们的喜剧和悲剧只能寄托在一个浅浅的吻中。

“你这个轻佻的小空想家，这就是你上来的理由，你将会成为第一个乘客。”他嬉笑道。他的声线和语言让我整个身体颤抖，让我笑出声来。有时候，我觉得这才是能够超越一切的最深沉的爱。

“鸠罗，”我不带感情地说，“我们在这个地方已经不知道多少年了。”我转过头，看着窗外的一片虚无，注意到那只蜘蛛正在努力爬回它的宿营地。我的思绪辗转：在黯淡的太阳下，身躯又有何用？而那些行星就像是一个充满讽刺意味的笑话：上面只有寂灭的物质，却骗得众人以为它们能发出魔法般的光芒。

“你没听见我说的话吗？”特林鸠罗在椅子里正襟危坐，如同一个人肉工具箱。“我说，我有消息。”

“你今晚上打听到了什么小道消息？”我突然想要小酌几杯。“干邑？”我提议道，“我还存着一箱半的拿破仑干邑，不过全是人工合成的，尝起来就跟这里的物件一样了无趣味，一点生气都没有……”我拉开罩袍，指了指自己满是痕刻的苍白胴体，端庄这种美德已经离开我很久了。鸠罗是“爱”这个词语在我身体里留下的唯一事物，在将作品向世人揭晓之前，鸠罗是我愿把身上的痕刻与之共享的仅有的几个人之一。

鸠罗端坐在椅子上，身上的机械装置围绕着他哗啦作响，声音如同一只号角。他屏住呼吸，指着我身上最新完成的痕刻作品，激动地嚷着：“这是什么？你的乳房……”

我低下头，看了看自己的半成品，回应道：“前乳房而已，谁能想到，原来哺育生命的器官现在竟变成了如此美妙的一幅画布？不过听着鸠罗，等这幅画作完成后再让你细看，我向你保证，这种等待是值得的。”我合上浴袍对他说。

“稍微瞅一眼都不行？”

“不行。”我走向储酒的地方，那里的存货越来越少了。我像考古学家一般绕着那儿走了几圈，从天鹅绒袋中取出一瓶已开启的葡萄酒，然后四处打量着房间，想要找几个酒杯，不过我马上决定今天晚上我们可以把这瓶酒都喝光。身上的痕刻还在让我的肉体感到刺痛，而鸠罗那件伪情色的新发明让我感觉到了一丝忧郁和对死亡的担忧。不过我依旧喜欢它，它让我感到我们应当对短促的时光予以尊重，因为这个世界发生改变的速度甚至超出了蜘蛛结网的速度，而我们人生最后一幕，也许，只是也许，不过是一次淋漓尽致的火辣性爱。

“什么消息？”我将酒瓶打开，朝嗓子眼猛灌了一口，毕竟我们待在一起的时间不能太久。我能听见哨兵们的脚步声，他们正在我们的下一层实施宵禁。酒精烧灼着喉咙，我闭上双眼，鸠罗的呼吸声传入我的耳朵。有那么十亿分之一秒的时间，我仿佛感到身上的痕刻从皮肤上跃下，成为在这个房间里陪伴着我俩的第三人。特林鸠罗再次开启了那台可笑的机器，房间里登时充满了狂野的杂音。我低声道：“你是不是疯了？他们会再把你关起来的。”

然而这个在我面前的固执男人几乎就要飞了起来，将他可爱的屁股扭来扭去，看上去就像是个小男孩，眼眉翘起，脸庞通红。我们两个如同回到了地球时代——男孩，女孩，还有那个围绕着太阳公转的行星。

他喊着：“放轻松，可别哭出来，就像被洋葱熏着了！你这个机灵的小骚货！”

我放声大笑，连口中的酒都被呛了出来——对着这样一个围绕我疯狂旋转的邪恶大飞蛾，我又能怎样呢。也许，我们两个人都会被抓起来。

“今天晚上我们是不会被抓到的！”他嘟囔道，“克莉丝汀，坐到桌子上，然后张开双腿。我要在你超凡脱俗的性感肉体上钻上一个新洞。”

我服从了他的指令，这是一个充满了令我无法自拔的异性恋欲望的游戏。我的心脏嘣嘣乱撞，好像要冲破胸膛。这种放空思想，任由酒精将全身变得麻木的感觉真的很好——我有些飘飘然，放下了所有虚假的端庄矜持，将一些葡萄酒泼到自己的新鲜痕刻之上，让这种甜蜜的感觉涌入我的躯干。我爬上桌子，将双腿最大程度地分开，而他则因为背负着装备而无法将这个古老而熟悉的动作做到位。

品尝着拿破仑干邑，我突然有了个主意。“你到那边去，我会一下子跑着跳过去找你。”虽然已经能够听到逐渐逼近的机械哨兵所发出的嗡嗡声，我还是想像儿童时代跨越灌木丛那样跑到鸠罗身边。那时，在灌木丛中奔跑的我任性而坚定，哪怕迟早会被人捉住，哪怕身上满是细小的划痕和擦伤。“如果接不住，我不会放过你的。”这是我说的最后一句话。

他调整了自己的位置，正面朝向我，身上那些锡镴质地的条穗闪耀着黑色与蓝色的光芒。这时，房门被撞开了，一群灰白色的哨兵冲了进来，手中的步枪瞄准了我们想象出来的性交画面。我不管这些，依然向他冲了过去。

他接住了我。

就像以前书中所描绘的英雄那样，他接住了我，我将双腿紧紧地缠绕住他，双臂牢牢抱着他的身体，把脸埋进他那满是痕刻的皮肤褶皱中，他朝我的耳朵低声私语，那声音让我的每一根毛发都竖了起来，将满是情欲的细胞传递到我的皮肤表面。

“她还活着。你那个死去的偶像，她还活着！”

旁边，在一张几乎透明的网上，一只蜘蛛慢慢睁大它的八个眼珠，紧盯着房间内发生的这一幕。

第三章

如果犯了轻罪会被发配至监狱囚禁起来，就像是被关禁闭的一个孩子或一条狗，这很让人伤脑筋。不过在此之前，等待着这些人的是“天穹”里的平民软禁室。

噢，潘诺皮托斯，你这个希腊神话中的百眼巨人，他们是怎么增加你的视界的？“天穹”状如一个巨大的蜂巢，居于中央的便是被称为潘诺皮托的环形监狱，它居于中央，略微隆起，组成它的监室密密麻麻，围绕成一个圆圈。潘诺皮托里设置有记录仪，能够取代肉眼进行持续监控。在任何一间常规监室内的监控设备都是连续运行的。每个监室都只有三面墙，剩下的一面则朝向潘诺皮托的内部监控设施。潘诺皮托的最中央是为数不多的全封闭软禁室。在这个如同炼狱般的白色空间内，白色的地板、白色的墙、白色的天花板给人的感觉就好似一张三维立体纸板。在这里，人们有“机会”对自己的罪行进行申辩，对自己的价值观进行修正，或者表示悔改。这种“犯罪—赎罪”的情节比较老套，但却是动态的——监室房间的整个表面区域都具有视频感应功能，一个人的心率和生理状态乃至思想和梦境都被记录下来并进行相应评估。

在“天穹”中，盗窃、伤害以及谋杀当然要受到惩处，然而这些罪行已经极为罕见——人们在种族、阶层或性别上的差异极小，而在财产方面只有富裕和非常富裕之分。因此，人与人之间的暴力行为就像那些精致的花边图案一样逐渐淡出了人们的生活。宗教叛乱或圣战只存在于历史剧之中，为了满足观众的猎奇心而添加了许多宏伟特效。在地球的历史上，宗教信仰的不同引发了诸多战争，这令我们不由得抱怨：较之于前者，“天穹”可谓一潭死水。在宇宙空间中，上帝毫无意义，顶多是重新塑造后用于消遣——用来神化你的结局，用来欺骗你在50岁后还能偷生，它比刑罚还更摧残你的精神。在这个封闭的系统中，你无处躲藏，只能在欣赏完盛大精彩的应景舞剧后走向死亡，用一场戏剧表演为自己的离世壮行。

那么，还有哪些形式的犯罪呢？难道我们都不过是些和平主义者和笨蛋吗？“天穹”中的犯罪主要是与性行为、性观念、性生理指标有关的非法行为。与性有关的一切仅限以文本形式进行表达，而所谓的文本只可能是痕刻创作。所有对这些文本的阅读、思考、辩论、交流或变换只能存在于精神意识之中，任何形式的与性有关的行为都会被视为是对社会秩序的挑战，同时也是对于我们这个繁衍无能社群的残酷羞辱。

还有一项罪名非常有戏剧感。在我们“飞升”之前，“亵渎者”贞德之死是我们所经历的最后一个史诗性事件，而正是她的死给予我们新生。对于官方公布的处决细节，任何人都不得提出任何质疑，否则便是犯罪。

鸠罗和我皆没有一丝悔意。我坐在白色的房间内无所事事，能做的只有舒展自己的四肢，让手指在身上四处游走，使书写于我肉体上的故事苏醒过来。监室里的摄像头不停闪烁，发出嘶嘶的响声。我暗自偷笑，因为监控装置是无法识别和读取痕刻的。

我猜测，为了使软禁室在最大程度上展现出制裁的压迫感，也为了尽可能地鞭策人们进行忏悔，空间背景音被设置为一种恒定的响声，类似于无助的鲸鱼所发出的悲鸣（当然，鲸鱼叫声只存在于我记忆中）或者某种不规则的高音嗡鸣，其间掺杂着低频振动。我独自坐在软禁室中，聚精会神地冥想着实验性配乐——将声音与我想象出的图形和身上的痕刻故事进行匹配。在我大脑中的“音乐工作室”里，依然时常萦绕着那首被遗忘的歌曲。

我紧盯着白墙、地板、天花板，想要跟它们来一场正觉较量。如果它们想窥取我的一切——心跳，面部表情，思想，甚至是连放屁都不落下——我会给它们，以我自己的方式。

监控装置上投射出的红色观测光束不断拍摄与扫描着我的每一项生理指标，我哈哈大笑。光束不规则地跳来跳去，能从我身上读取到的不过是随机的心跳数据以及是否出汗等等，而在脑海中，我却手脚伸展，爱欲汹涌，精疲力竭。

我扫视着房间的四周，挠了挠有些瘙痒的下体。当我在软禁室里发泄着对特林鸠罗的思念之情时，有个东西似乎在角落里瑟瑟作响，我摇晃着脑袋仔细听着，想要确定它是否存在。没错，那家伙确实在这儿，不会是他们偷偷放置在这里的某种可笑的机器人吧？我起身去检查房间的角落，那种摩擦地板的声音依然继续着，这时候，一个拇指大小的黑洞打开了，白色的我看到了白色的它——洞口中爬出了我的蜘蛛，渺小却真实，背部装着一个橄榄大小的感官交互磁盘。我几乎能听到墙角里传出的笑声，也为蜘蛛的到来感到一阵眩晕，这真是一个奇怪的伴侣。赤裸的我取下磁盘，将它放置在太阳穴上。我们的身体上有许多这样的数据点，在那里，体内的纳米植入体可以与各种媒介进行交互。在放置它时我充满自信，这份礼物只可能来自一个人，特林鸠罗。

全息投影悄然无声地呈现在我面前。我微微一笑，内容不出所料：是反抗者制作的关于贞德的秘密剪影，画面模糊，直接跳接到了贞德之死，然而内容绝非虚构。感谢鸠罗，这是世界上最奇特的情书。

“我无所畏惧；我是天选之人，注定要为此事。孩童们说，人们有时会因说出真话而被杀死。而我要说的是，孩子们已经成为战争的消耗品。想想那首诗歌，《扫烟囱的孩子》，或者那些纳粹集中营里的童工，因为手小而被分配去操作某种机械；想想驱动世界经济的血钻、性交易和毒品走私；想想塞拉利昂、索马里和苏丹的孩子们，想想刚果、象牙海岸、布隆迪、伊拉克、伊朗、菲律宾、新加坡、斯里兰卡，想想以色列和巴勒斯坦，希腊、意大利、车臣、俄罗斯、爱尔兰，还有英国、美国、哥伦比亚、海地、越南、柬埔寨，老挝和中国——大地母亲希望她的孩子们回来。”

我还记得她的第一次行动发生在何地：成千上万个简易爆炸装置覆盖了阿尔伯塔的油砂，如同致命的肿瘤细胞入侵着人体。贞德与让·德·摩在最后一战中史诗般的对决场景还存留在我的记忆里。

在位于阿尔伯塔油砂产地的最后一战中，她将整个身体沉陷泥土之中，全身放松，面朝下，手臂和腿部伸展开来，一动不动。抵抗军的战士围绕在她周围，作为肉盾保护着她。

这样的状态持续了数天。

最初的时候，爆发了一系列猛烈的太阳风暴，一波紧接着一波。刚开始人们还在想，上帝啊，这真是一场超乎想象的自然灾害。就连天空上的云朵都被染成前所未见的颜色。

其后，全球那些拥有巨大臼口的特大火山——黄石、长谷、苏门答腊岛北部的多巴湖、陶波以及日本的始良——开始同时喷发，犹如是经宇宙之力设计出的一场合唱。随之而来的还有海啸、飓风和台风，犹如前者的伴奏。冰帽迅速融化，水位上涨，不再像以前那样的缓慢，而是在几周之内便在全世界吞噬掉海岸和岛屿。在美国，像失落的亚特兰蒂斯那样，纽约、东海岸上下沿线以及佛罗里达全部沉入海底，旧金山和加利福尼亚大部也都被洪水淹没。地质大灾难爆发了。

太阳被遮蔽了，一切有机活动如光合作用和生态系统全部停止运转，地球与其所承载的生命之间的所有联系皆被切断。

而战争，也随之消亡了。

地球归于沉寂，如同漂浮于太空中的岩块。

如此迅猛的毁灭过程。

回想起那些日子的震撼场景，我依然感到窒息。

这个房间的白色基调映衬着我苍白的皮肤，令我觉得恶心。

我的体内燃起一股怒火，也许这就是所谓的勇气吧。我觉得我已经看得足够多了，便将这块感官交互磁盘取下，夸张地将它塞到嘴里，囫囵吞了下去。

我将眼睛闭上了一小会儿，让身体将这种味道、气息和声音牢牢记住。我还记得，在贞德经受火刑的时候，我的指尖是怎样的一种瘙痒。所有形式的希望，无论是信念、欲望、期许还是幻想，全部随着这团火焰化为乌有。那个肮脏的时刻一直纠缠了我们许久。

随着一阵震耳欲聋的嗡嗡声响起，另一束瘆人的红光照射进来，看上去有点像过去狙击枪瞄准器上的红点，这说明我在软禁室里的观察期已经结束了。因为我毫无悔改之心，似乎会被遣送至常规监室——我让自己的处境更加艰难了。有那么短短的一瞬间，我甚至希望他们直接枪毙了我，让我与残留于幻想当中的那点支离破碎的欲望一同死去，至少陪着我的还有特林鸠罗和“亵渎者”贞德的影像。

我平复了一下心情，感到那个磁盘正在我的喉咙里慢慢坠落，就像吞了一块巨大的宠物饼干。我的确被押送回了监室。如果他们想要搞到我的那件“小情书”，就不得不搜索我的粪便，或者直接将我开膛破肚。

那个蜘蛛尾随着我。说实话，我也希望它能够陪伴着我。

第四章

那首歌依然萦绕在我脑海里，如同我的身体就是它的囚牢。歌曲听上去就像有大型管弦乐团的伴奏，节奏抑扬顿挫，比之前更加响亮。我想，也许我正在渐渐地失去理智。

我在潘诺皮托的常规监室看上去就像一间有年头的毒气室。在地球时代，我曾在书中看到过有关毒气室的描述，还试着去想象过这东西——我并没有见过实物，只是模糊地记得在电影和电视上看过它的外形，但不管怎样，我肯定记得不对。这不是毒气室，更像是一间只有三面墙壁的注射处决室，房间的中央是一张小床，上面的皮带能将犯人如受难耶稣一般固定住，然后向他们的静脉中注射药物。通常这个房间会留有一个观察窗，让人们欣赏犯人离开人世时的场景。这样的仪式从人类诞生之日便存在着，人类历史的任何一个阶段都不会缺少与死亡有关的场景：以战争、正义或复仇之名进行的屠杀不胜枚举——人类似乎总是喜欢以奇特的方式来展现自己的人性。

房间的墙壁是一种令人沮丧的暗绿色，上面镶嵌着坚硬的几何形瓷砖，地板是水泥材质的，颜色看上去同样呆板单调，而洗手间和水槽则被涂上了一层了无生气的金属漆。我从房间的一端走向敞开的那面——那儿没有门，没有墙，只有一堵无形的电场，任何胆敢踏过的人都会被烧成焦炭。

只能走六步。

地球时代的人们又是怎么对待动物们的呢？灵长类和小白鼠会成为实验对象，鸡、猪、羊、牛这些牲畜则注定将被摆上人类的餐桌。较之于饲养它们的小隔间和笼子，人类囚徒所处的环境已经可以称得上豪华了。无论在什么时候，快速逼疯一个生命的最好办法就是把它们禁锢在一个缺少刺激物的狭小空间中，禁止它们和自己的同类交流。“天穹”则把这种办法进一步发展——人们可以互相看到对方，听到对方，但是无法与对方进行肉体接触，这制造了一种无法用语言表达的更为难以抑制的执念。

在潘诺皮托，囚徒们的一举一动都被配置有无形监控系统的机器守卫监视着，毫无自我意识可言。电子脉冲不停地侵入你的身体。我的心跳和呼吸在房间的每一面墙壁上跳动着并映入我的眼帘。每个机器守卫有八根悬挂臂，用于维持潘诺皮托关键设施的运行和里面弱小囚徒的生存。机器守卫用它的独眼直勾勾地盯住我，可以这么说，如果没在一个非人类观众无死角的观察下进行过大小便，那你的一生算是白活了。

除了这些机器守卫，我还能看见其他的服刑人员。大家傻傻地向房间外看去，等待着食物供给或者光线的变化。更糟糕的是，当我们试着不去看他人时，却发现这几乎是不可能的，你无法回避别人的目光和身体。这已经是我第五次走到这个房间的豁口了，每当我来到这里，我都会想到大象、黑猩猩和海豚。我在书本和纪录片上了解过这些动物，大象和黑猩猩被圈养在动物园中，而海豚则和人们隔着一层透明玻璃，我对它们感到了最大限度的同情。就算仅仅是想想，我都哽咽难言，这种做法让我无法忍受，连个傻子也知道它们是有灵性的。上帝啊，我们对它们以及那些所谓的“劣等人类”都做了些什么？置地球上大多数人的苦难于不顾，以此为代价来维系少数精英阶层的生存——这是多么令人发指的残忍行径啊！这也足以证明我们不值得拥有一个未来。

我看着软禁在潘诺皮托的同类们，所有人都赤身裸体，白蜡色的身体在人造光中闪烁，每个人的脸上都挂着愁云，如同我们扭曲的人格。我注意到我正对面的上一层有个男人，（应该是个男人吧？）他身上的痕刻从眼眉开始向上延伸，以耳朵为中心向外扩展，形似大海的泡沫。他一定很富有。

我不断地搜寻，希望能找到挚爱的他。找到特林鸠罗了！两层之下，隔着几个房间，很靠左的位置！我的目光停留在他身上，他原本装备的那套机械装置没有了，一想到它可能会被销毁，我不禁感到愤怒和悲伤。不过，看到他让我感到极大的解脱。我想要让他注意到我，但他却领先一步。他向我敬礼，身板笔直，一丝不挂，双腿夸张地分开，然后又热情洋溢地鞠躬。最后，他大声地放了个屁，虽然听上去并不清脆，然而却无比的浑厚。虽然在我这个位置几乎听不到它，然而这一举动却让我在痛苦中找到了一丝快乐。当你爱一个人很久了，他做什么事你都会觉得亲切。我甚至希望这位当代的萨德侯爵能用粪便泼满他监室的墙壁。

我向外盯着那些形形色色的机器和其他技术装置。那些闪烁的屏幕，或白或黑，将生命简化成了数据、光线和嗡嗡的声响。中央系统探出形状古怪的脑袋、眼睛和手臂；各种颜色的电线闪闪发光，如同DNA螺旋一般缠绕交织在一起。在它们面前，我感到自己不过是一堆生物聚合体。也许作为人类的我们从没有远离这一切。也许人类历史注定会走到这一步，那些我们以为是自己创造的东西原来早就陪伴我们很久了——我们把大脑简简单单地看成一个独立的人体器官，但实际上它只是静候在那里等待着我们将空间与科技的关联方式辨识出来。

话说回来，被人工智能盯着的感觉实在是如坐针毡。我返身回到那张舒适异常的小床旁边，将后背紧紧地贴在上面。它的床垫足足有三层，被子柔软，枕头也是同样的“奢华”——莫非有人是《豌豆公主》的忠实读者吗？我把毛茸茸的被子拉上来盖住自己的脑袋，瞬间感到自己仿佛正身处另一个时间。

在未来的某个时间有关数据会被传达到我这里，到那时我就知道还能在这里待多久了。我心里知道，应该不会太久的。我所有的违法行为只不过欣赏了特林鸠罗那没完没了的夸张表演而已，还有就是在软禁室里放了一个响屁。当然，他们迟早会发现我私藏的那些拿破仑干邑，一想到这里我还有些许伤感——喝酒的时候会让我的嘴唇有一种灼热感，能将思绪带回地球时代。我喜欢那种微醺之中徜徉地球时光的感觉。隔着我的毯子，我重新在脑海里复原了那些场景。

一场审判。

她的。

就像历史上那样，“天穹”大法庭很有一种戏剧感，但贞德的审判尤其震撼。以前的那种庄严的政治权力被虚化为数字程序和算法规则，因此大法庭的主审官们也相应地演化成了投影于七根白色柱子上的七张全息人脸，看上去如同在表演一场高科技的古希腊淫秽滑稽剧。剧院结构是让·德·摩的手笔。他的整个设计理念似乎是要展现出西方文明之源希腊的歌剧风采是如何在“天穹”中复兴的，以及我们是如何通过“人体痕刻”等“表征”重建社会秩序的。除了“痕刻”以外，戏剧表演是现实世界的最高表现形式。“表征”这个概念诞生在地球，借助媒体和科技得以演进，最终在太空中得以完善。你无法体会当人们刚刚踏足“天穹”时是多么的恐慌和无助，这也使得让·德·摩能够随心所欲地创建任何他心仪的社会秩序。他用“表征”的力量取代了所有的神灵、道德和科学。

这场审判有很多影音衍生品，我观看过其中的大部分，既有年复一年公映的，也有“天穹”媒体对于原始审判的场景还原，每年都会播出，都已成了一项传统，里面的内容不过是些披着新闻报道外衣的泡沫剧。

我曾和特林鸠罗一起看过这些“还原剧”。还没等贞德讲话，我们就已经被这现场感动得热泪盈眶。她的面容；她坚硬的下巴，她凹陷眼眶中的黑眼珠，她浓密而野性如太空般乌黑的头发，她死死地盯着面前的虚无，如同凝视着观看的我们。我们看到了在贞德生命历程中那个与她结伴同行的幽灵：守护她征战沙场的蝴蝶，夭折的婴儿在她的召唤下打着哈欠重生。在一个垂死的星球上，她激发着成千上万的抵抗战士去反抗暴政，争取生存的自由。

我们感到悔恨了吗？在这一刻，我必须惭愧地承认，没有。我们感觉贞德好像在赐还我们一些我们早已失去了的东西，感受到了欲求和感怀。对于我们这些叛乱的幸存者而言，记忆是一个神秘而有形的生命线，能将我们带回那个能够畅快呼吸的年代。想想看！那是一个值得人们在其中生活与死去的过去！一个铭刻我们尚存一息的肉体的过去！一个能被我们细胞、毛孔和神经末梢记起的过去！

平心而论，在那一刻，令我感触最深的就是贞德的死去让我看到了某种壮丽，如同我们身体中的某处良知尚存，仿佛我们与地球之间还有羁绊。忏悔随之而来，比黑洞还大的负罪感能吞噬半个宇宙，令悲愤的我们对着太空流淌下无尽泪水。

对于我们而言，贞德代表了一种我们永远无法重新拥有的生命之力。贞德的审判和影像是把我们与现实世界连接起来的唯一纽带。我们已经变成了贪婪和愤懑的天使，是一群失去翅膀的蜡像。在“天穹”中，起码有一半人走在路上时希望有人能把他们扔在地板上蹂躏至死。

这些回忆让我的皮肤沁出了汗水，我能感到它们在随处流淌。耳朵、上嘴唇、脖子，我的乳房曾经所处的地方，我的大腿和小腹以及双腿间那个曾经直通我灵魂的幽深洞穴。我分开双腿，想象着，然后用手指轻轻地抚摸着我身上的刻痕。那个审判贞德的故事，刹那间，让我的皮肤似乎在我的手指下灵动了起来。

问讯笔录/节录 211.1

问：你是否发誓所述皆为事实？

答：我不知道你将问些什么。即便你问了，我也不一定会回答。

问：你是否每天都要如此狡辩？

答：那你是否每天都要如此惺惺作态地说些废话？

问：请记录——被告拒绝保证其所述皆为事实。

答：这句话不是很准确。

问：这就是你刚才表达的意思。

答：不是。我没有拒绝过什么。我只是说有些事我不会告诉你。

问：如果你不愿向法庭宣誓，那你准备向谁宣誓？

答：嗯……好吧，我选择对着太阳发誓！

问：何其荒谬！你如何保证所述非虚？

答：我的所言将真假掺杂，恰如你的修辞逻辑。但我必须警告你，在这方面，我可是一个专家，特别是在说真话或说假话方面。

问：你既藐视本庭程序，又无视自身尊严！

答：首先，我一无所有。其次，我的抵抗就代表着我的尊严。

问：讯问继续。请记录——被告拒绝配合讯问。

答：也请记录——原告是一群愚蠢的懦夫。

问：删除前句。最后听到那个声音对你说话是什么时候？

答：你很有趣。昨天和今天。

问：昨天什么时候？

答：它们并非你所想象的“声音”，但是也无法对其进行解释。我有三次听到了——第一次是早晨，或者说我觉得那时是早晨；第二次是在静修时；第三次则是在傍晚星辰之歌奏响之时。通常，我听到的次数远多于我告诉你的次数，所以你的问题并没有什么意义。

问：你的反抗无益于你的案件。

答：而你的虚伪和种族灭绝倾向也无益于你。出于好奇，你统治的人有听到这种声音的吗?

我紧咬牙关以至于太阳穴都疼了起来。我把手放在髋骨处。我对这个画面的记忆是如此生动和鲜活。每次我和特林鸠罗看完审判贞德的影像后，两个人都会相拥而泣。我们为这个年轻的女人感到痛惜和愤怒，她的反抗令我们的人生看起来就像是干瘪的阴囊和被幽闭起来的干涸阴道。这个女孩反抗着对于“生命”的任何摧残，而我们却每天活得如同行尸走肉。我和特林鸠罗借酒浇愁，痛苦不堪。借助对贞德乳房、头发和下体的臆想，我们转移着自己的欲望。仿佛她的生殖器和她的勇气与力量一样重要。不像“天穹”中的掌权者，我们哀悼的并非是生殖，而是人类的肉体。社会虽然是以繁衍为基础组织起来的，但个人却拥有着动物性。我想我们渴望的是她在性上的真实感。事实上，贞德的身体并不是特别的女性化，而是倾向于男性，使她看起来有一种双性同体的精致感。她的厚厚的黑发让她看上去充满了炙热的欲望，我甚至幻想着能割下她的一小撮头发珍藏起来，如同是情人之间的永恒信物，如同她身体的一部分让我得以触摸、保藏和占有。

被子覆盖住全身的我把手举向脖颈，那里是贞德的故事在我的肉体上开始的地方。她的故事似乎从我的皮肤上活了起来，想要通过肉体与肉体的接触来给我一个答案。我闭上了双眼——当你闭上双眼的时候，宇宙仿佛就在你的心中。我能感觉到她的故事就在我的手指下划过，在那里燃烧，跃出我的皮肤。我能进入到另一个世界，一个微缩的宇宙，在那里我不再被细胞、思想、肉体乃至双眼所禁锢。

我以自己的肉体为画布写下了她的童年，那个被他们略去的贞德的童年。

第五章

当蓝光第一次在贞德的额头上闪耀时，围绕在她四周的树木噼啪作响，令她的皮肤不禁轻轻颤抖。那时，还有树。世界各地的火山都有不同寻常的喷发迹象，由此引发的地震也随之而来。浓烟遮挡住了天空，太阳依然悬挂在空中，然而早已不是以前的明亮的黄光，而是呈现出黯褐色，令诸色无光。地球上尚有动物活着，不过每隔一段时间便会有物种消失。法国的东雷米-拉-普塞勒，一个小女孩在郊区过着看似平常的生活。

小女孩到树林里独自一人玩自己最喜欢的游戏——对着想象中的角色自言自语。她的生活和周边很多小孩子的生活并没有什么不同。

在树林里，她在地上挖了一个浅浅的小坑，将一些看上去像来自常青树根部的树枝放在里面。她喜欢把这些枝干从地底挖出来再埋上，因为泥土和树木的芳香能让她感到平静。她喜欢那种泥土从月牙般的手指尖上轻轻滑落的感觉。

树枝的尺寸各不相同：有长有短，有些和她的手掌一样长。在她的游戏里，这些树枝代表着一次严重事故中的幸存者，必须重新改造自己才能存活下来。为此，树枝必须将它们自己与大地、蜘蛛和穴居昆虫们结盟。

随后，每根枝条都会被放置在某株常青树的某个空洞里。当把最后一根树枝放置（解救）到它的休息点后，她会将手放在表面粗糙不平的树干上，闭上眼睛轻嗅着针叶、树汁和树皮的芳香，手指分开，掌心紧紧接触着树木的身躯，那感觉就像树脂正在亲吻着自己的手掌。

突然间，她纤小的手指开始剧烈颤抖，她连忙收手，吃惊地盯着自己的手掌，随后又看了看那棵树，似乎闻到了一丝木头燃烧的气味。是真的吗？贞德好奇地闻了闻自己的手，仅仅是汁液而已。

没有哪个小女孩能收起自己的好奇心，所以她悄悄地爬到这棵树高耸的树冠上，伸出自己的胳膊，换了一只手，闭眼屏息，双脚分开站牢，慢慢地等待着。

上方的树冠被风刮得摇摇摆摆，发出轻轻声响，森林里的动物将身子低伏在地面上。突然，手掌下的树木将某些东西射入她的手掌，沿着手腕、小臂一直侵入她的肩膀，贞德的脑袋猛地向后一摇，嘴巴和眼睛被迫张开。贞德能够感到自己的牙齿咯咯作响，头发悬浮而起，似乎要离开她的头皮。

耳朵里的声音如同晚上睡觉时耳膜充血，越来越响亮，从砰砰声一直增大到如同雷声呼啸，将所有思绪、家园、亲人和杂事一扫而空。轰鸣声充满了贞德的耳朵，她的脑袋一团乱麻，仿佛变成了接收器。贞德试着将手掌从树上收回，但是没有可能。喘息越来越快，喉咙收紧，她在想，难道这就是死亡？

振动的频率改变了。声音渐渐变小，开始在贞德的体内成形，牙齿似乎又是自己的了。贞德依然没有睁开双眼和嘴巴，但开始慢慢调整呼吸。还活着！也没受伤！贞德能感到这些。她的头发也缓慢地飘落回肩膀。

那种声响最终走向平复，只剩余音萦绕在贞德头顶，随后落在右眼和耳朵之间，如同伸出了一根手指轻点着贞德。

音色听上去如管弦乐一般，曲调像是在演唱歌剧。

这首歌起初缓慢而简洁，转眼之间变得气势恢宏，节奏紧张。在歌中，世界在她梦里预演着毁灭——正在失去光芒的太阳和猛烈喷发的火山，将把世界拖入战争泥潭的一触即发的冲突，以及与她的父母和房子一般的人和地。诗歌吟唱得越来越多，贞德越觉得自己的身体便是某些大动荡的发源点。她摇了摇自己的脑袋，似乎在表达抗拒，但是那种声响是如此磅礴，内容又如史诗般繁美，将她笼罩其中，甚至将那棵与贞德神奇粘着在一起的树也裹挟在内。

最后，这首歌似乎提出了一个问题，贞德觉得自己有权不受拘束地大声回答这个问题。贞德说："我怎么让别人相信这些东西呢？我会被惩处的，或者会更糟。医生会告诉爸爸妈妈我疯了，你知道吗，一个邻家男孩被带走了。人们说男孩的梦让他失了心智。他不停地在地面上掘坑，吞食泥土。而且，我也很害怕哦！”

数学、科学和音乐，三者在贞德脑子里搅成一团。这种声音虽未成章，但其形式、响动和光线却可以穿透贞德的身体。她脑子里穷尽一切在学校里科学课上所学到的知识，试图解释她在此处所发现和体验的事物。如同讲一个睡前故事，她将曾经学过的东西默念给自己：“在电子、夸克和你已了解的任何一种离子之内，依然可能存在着多层构造，就如同微小细丝，看上去像一根小小的琴弦，这就是弦理论。小弦可以依照不同的模式震动。正因为有这种弦的存在，和谐，尤其是宇宙的和谐才得以维系。”宇宙的和谐源自弦……宇宙的和谐源自弦……贞德在脑海中默念着，直到这句话有了自己的节奏。这个想法让她不禁屏住呼吸，咬紧牙关，幻想涌上了太阳穴和指尖。

音浪停歇，歌声终止，奇妙之事归于静寂，贞德的手不再被树木所牢牢吸附，身体也不再随之震颤。如同一根绷紧的丝弦突然被释放，一瞬间贞德感到自己的身体无比轻盈。向着那片阴黯的天空飘起来了吗？贞德低下头看看自己的双脚，她的一双棕色短筒皮靴还停留在地面上，这个邻家女孩依然站在离家不远的一小片河畔树林中。然而，她的右眼和耳朵之间的皮肤下出现了一道蓝光。就是这道光，永远改变了她。

顾不上留在常青树节空中的枝条，贞德一路飞奔回家。她猛地推开家门，把正在沙发上看新闻的母亲吓了一大跳，母亲手一哆嗦，手中的那杯水一下子溅上了电视屏幕，荧屏立马成了一个大花脸，发出嘶嘶的响声。电视里新闻主持人的脸模糊难辨，就连声音也变得很不稳定。

“该死！”她妈妈大喊，起身跑到厨房拿出了抹布，试探着擦着电视屏幕，有点儿害怕触电。当她转过身时，看到了贞德身上的这番景象。

“你脑袋上是什么？”

贞德走向母亲，依然喘着粗气。母亲轻轻触摸着贞德右眼和耳朵之间的蓝色光芒，点了下她的额头，悄声说：“宝贝，你的头是怎么回事？”

母亲的眼睛瞪得好大，眉头微皱。贞德感受着妈妈手指点着的地方，由这个位置开始，贞德的整个身体都开始震动，歌声充满了她的颅腔，令人舒畅。她闭上眼睛，不再说话，感到母亲的声音正在渐行渐远——贞德……贞德……

那年，她10岁。

第六章

贞德的弟弟把手插进海边的沙滩中。这是一次家庭度假，希望能暂离喧嚣，制造一些泡沫般的幸福时光。度假地是法国诺曼底的海边，在那里他们有一个小木屋。那时，生态大灾难尚未发生，国家和城市的名称与边界尚存。

贞德和弟弟经过允许，坐在海边欣赏着海边的夜景。繁星闪耀，空气中充满了大海的味道。父母正在贞德身后的小木屋里打理着炉火，妈妈做着炖兔，时不时向她和弟弟的所在地张望，爸爸则听着埃里克·萨蒂的音乐，窗户透出橙色光芒。贞德把前臂放在嘴唇上舔了舔，有点咸，她微微一笑。

重新把目光投向大海，贞德歪着脑袋，开始思索——在水面之上，她的确看到了蓝绿色的波浪闪闪发光，明亮的光芒在海面上晃动。然而这难道只是一种幻象吗，大海总不会真的会发光吧？

一阵阵的浪涛声充满了双耳。

“你看到了吗？”贞德向着弟弟大喊。他用巨大的海藻编了一个王冠戴在头上。

弟弟顺着她手指的方向朝海面望去，顺手拿起一块手掌大小的鹅卵石朝那束光芒扔了过去，大叫道：“潜艇！间谍船！”

贞德记起父亲曾讲过的有关这片海域的故事。有一次父亲曾告诉他们，以前这里曾发生过战争，潜艇、炮舰都曾出没于这片海域。然而现在的这片海岸线上只有来度假的家庭和观光客，还有扔石头的小男孩，想到这里，贞德莞尔而笑。

弟弟拿着一段漂流在水里的木条对着潜艇比画着，砰、砰、砰、砰、砰……

贞德站起身来走向水边，她探出自己的脚趾，伸伸懒腰，摇摇脖颈。她已经11岁了，往昔的神秘事件依然停留在她的脑海里。她以前没有见过这样的亮光，想靠近看看。按捺不住自己的好奇心，贞德脱掉了自己的鞋子。

“你在干什么？”弟弟喊道，自己也脱掉了鞋。

贞德又脱掉了自己的T恤衫和牛仔裤。

“你会把自己的屁股冻掉的！”她弟弟嘲笑道，然而自己也脱掉了衣服。姐弟之间，毕竟无须顾忌太多。

贞德和弟弟戏谑对骂着，她们离父母很远，可以无拘无束地说些脏话。“你的屁股也会被冻掉！”贞德回敬道。

贞德回过头看了眼小木屋，然后慢慢地向前走去，海水浸没了她的小腿肚。夜晚冰冷的海水冻得她骨头发痛，她每走一步，脚下的海沙都会入侵她的足底和脚趾缝。寒气顺着脚踝蔓延到小腿，下巴在打着冷战，哆哆嗦嗦的贞德继续向前，水面已经和大腿一般高了。她的左侧是弟弟，海水早已没到了他的屁股，他的脸上也没了笑意，毕竟他也不是一个强力的游泳健将。

“不准再往前走了。”贞德命令道。弟弟双手盘在胸前，直立的身躯随着海水的波涛而摇摆。贞德一直是两个孩子里好奇心比较重的那个，探索、攀爬、挖洞和跑跳是她的强项；而弟弟的天赋则表现在别的地方：他更漂亮，比姐姐还要漂亮。然而弟弟也很忠诚，从来都是姐姐所发明的游戏的忠实参与者。

“回去！”贞德嚷道。弟弟转过了身子向岸边走去，瘦削的肩胛骨有些突出，这是个有剃刀背的男孩。

水中冷冷的光亮召唤着贞德继续前行。

要么继续，要么放弃。

深吸一口气，她潜跃进蓝黑色的水中，随后睁开了眼睛，然而前面漆黑一片。贞德眼珠被冻得发痛，牙齿也开始不听使唤。

贞德把头露出水面，张开了被咸水浸得刺疼的双眼。她发现自己已经离那片色调柔和的蓝绿色水域很近了，能够一鼓作气地游到光亮发出的地方。

时间停滞住了，陪伴她的只有寒冷、光线、潮湿的海水、漂浮、手臂与双腿，还有上下颠倒的世界。贞德仰在水面，没过多久夜晚的天空便不像是在她的“上方”，而像是身下海水的倒影了。

天色黑沉沉的，就像是另一片大海，空中闪耀的群星则如同幻想刺挠着她的皮肤和思绪，广袤的宇宙像是下面冷酷无垠的海洋，事物如同光速般移动着。贞德微笑着，冥想着在水中失重的快感。

夜晚的海水折射出粼粼波光，令贞德忘我地陶醉其中。在她身上所发生的事情无人能够解释，没有人知道在贞德的体内正在演奏着史诗般的曲调，内容是一个女孩将拯救世界于水火。不，并不是拯救，那是另一件事。是深爱着这个世界！可贞德又不能把这首歌叫作情歌，因为这会使得一切变得更加糟糕——人们会追问那个情郎是谁，而她又遮掩着什么。于是贞德便不愿再谈起事情的真实情况。这个假期，贞德一家来到海边度假。上一位医生嘱咐贞德的父母他们的女儿可能正在变疯，让他们考虑将贞德送到相应的机构进行治疗。她能看到母亲嘴边欲言又止的烦恼，也能读懂父亲抚摸她头发时的忧心。如果额头上的光令自己变成个疯子，他们是不是会像将犯人送监一样把自己送走呢？

贞德在想，何不在海水和夜空的掩映下悄悄逝去呢？

弟弟跑回小木屋后，母亲扔掉品尝炖兔的调羹，父亲则急忙跑到屋外，脚上仅穿着袜子，而弟弟穿着内衣又冲回海中，打着寒战，像是只毛色苍白的海豹。在听到来自海岸的呼喊时，贞德距离岸边已经相当遥远，全家人看上去就像是动画片的卡通人物，小小的，跑跳着四处呼唤。

贞德再一次向着那道光扎了一个猛子，在夜晚的海水中，这道光就像是梦境一般的朦胧。贞德浮出了水面，开始向岸边游去。胳膊冻僵了，但她没有丝毫的动摇，她早已游到了光那里，达到了自己的目的。贞德开始往回游，这并不很难，毕竟她和海岸相隔不远。

贞德浮出水面时的景象令大家定住了。每个人都屏住了呼吸，原本摇晃着的手臂悬在了半空中，喊声戛然而止，目瞪口呆。贞德整个人在发亮，身体上发出冷光。

她的皮肤闪着荧光般的蓝色和绿色。

“是藻类。”贞德的父亲说道。他扯下自己的衬衫，冲过去披在女儿瑟瑟发抖的身上，然后转身把贞德拉到母亲身边，一边给贞德揉着胳膊一边说：“就像潜艇经过时留下的航迹……”贞德的父亲在解释时夸张地大笑着，就像其他忧虑过度的父母一样。

贞德的母亲跑上前去用父母特有的方式将女儿紧紧地拥抱住，脸上既带着宽慰，又有着些许困惑。

“就像战争年代那样，海藻发出的生物荧光。贞德的身上都是这些东西，没事，没问题！”她的父亲解释道，还一边忙着给贞德揉肩膀。

这种解释很合理。父亲，母亲，孩子们，还有一个简简单单的假期。

生物荧光让贞德着迷了好几个月。她在一个水族箱里培育了属于自己的海藻，更加痴迷于对技术和知识的探究。她请求父母在下次度假的时候带她去新西兰，那里的天然桥是自体发光生物萤火虫的全球最大栖息地。贞德的父母满足了女儿的请求，但也有些担心贞德会逐渐丧失心智。日落时分，贞德和父母以及几百位游客游览了拥有数以百万计萤火虫的悬石和裂隙。尽管周围都漆黑一片，洞穴里却仿佛有太阳照耀一般，角落和旁边的缝隙中都透出光亮。

所有这些都发生在太阳令地球永远变得支离破碎、暗淡无光之前，犹如这位女孩的少年时光。

第七章

当开始在表皮上再现贞德和她的故事时，我非常怀念肉体的气息，这种感觉十分强烈。我也思念着汗液、血液、精液甚至粪便的味道，但我们的身体已经失去了所有感知细节的能力。现在困于牢笼的自己应该散发着臭气，毛发蓬乱，皮肤皲裂粗糙，牙齿上也覆盖着一层令人难受的黏液。

我们的身体几乎对任何事情都毫无反应，即便我的尿液透漏出一股难闻的气味。此外，能够存留生理性渴望的人也越来越少。我都开始怀疑能够驱动和感知愉悦的地方已经被某种线性意识所替代，进而也无须思考或感觉了，因为这两者对于我们而言毕竟已是多余之物。与“天穹”中的其他人不同，一些志趣相同的抵抗团体残存了下来，他们迅速成为纯粹的自我表征，就像一具行走的准雕塑。

有时候我会想，痕刻是因何诞生的。它是我们拥有肉体的佐证，如同皱纹或妊娠纹。同时我也怀疑自己的痕刻创作有着更深层次的隐晦涵义，我似乎想要拼命去追寻一些东西：不是人类的精神美德，而是它的反面，是驱动我们肉身的最底层的渴望。在“飞升”并褪去人性的“污点”和束缚后，在审视并解析自我且证明我们一直不过是一群贪婪、无德的取食者后，我便不再对事物寻根溯源了。只要一个事物的故事能赐予我们超越其他挣扎者的力量，我们便会将它生吞活剥。

我抚摸着后腰上的一小片瘢痕，那里有一些刺疼。

有一种为自行身体纹刻而特殊设计的尖笔。尽管我的技艺灵巧程度和其他的纹刻师不相上下，但还是觉得在纹刻不能直接目视的身体区域时，这个工具特别有用。我亲爱的特林鸠罗改进了这个设计，使我甚至可以将这个故事纹刻到后腰上。这片区域和它以下的身体被我用来叙述贞德的溯源。

我是这样写的：

在地质大灾难发生前，贞德一家居住在一个小镇上。在地球呻吟和人类重新划分等级之前，稀松平常的浓雾天不亮就会遮蔽住河边草地，每晚又会笼罩着小镇的上空。这里的寒气和富有穿透力的潮湿能够侵入人们胳膊肘、肩膀和臀部，无论你是什么年龄。这时的地球还没只剩下月球般的锯齿状岩石、无树的山脉或是通向死亡的焦土。肥沃的平原一马平川，通向连绵起伏的丘陵、森林以及河流。这时的大地安静平和，没有暴虐之感。

贞德童年居住的房子旁是一片茁壮成长的山毛榉林，在阳光的照射下如同一片明亮的绿色幕布。森林的地面上满是银莲花、野草莓、山谷百合和六角星花，偶尔会有块空地，但更多是茂密的树林和黝黯古老的树木。

他们家对面是一片更加有年头的深邃阴暗的树林，里面有冷杉、松树和盘根错节的橡树。大多数的孩子不敢来这片树林，因为里面有野猪和狼。

后来有传言说，在这片树林里，有一个小女孩能使树木苏醒，而且还能让泥土歌唱。

到了该玩角色扮演游戏的时候了。贞德和弟弟彼得一起度过了漫长的阴晦时光，但是，当包括警察、官员、医生、神职人员在内的每个人都无法解释贞德额头上那抹柔和的蓝光后，人们也就慢慢适应了这玩意儿。于是贞德和彼得姐弟俩在这片树林里度过了许多个夜晚，一起在幻想出的世界中畅游。

“这很重要。你照做就行了。”贞德伸出手命令道。

“为什么？”彼得想要知道原因，“这绳子只能勉强围着你绕两圈，你身上会被捆痛的。”

“因为这就是游戏，”贞德说，“你把我绑在树上，我会假装被你俘虏了。然后你再来救我。”

“这主意好傻啊，我明明就在这儿。”

“不傻。你把我绑在树上后就跑得远远的，然后等着就行。当你觉得时间差不多了，再假装来救我。”

“我还是觉得这挺傻的。”彼得比照了下绳子的长度低声说。

贞德的声音压得更低，像个发脾气的小女孩。“这林子里可是有狼和豪猪的，这你知道。”她提醒道。

“可是谁也没见过啊。”彼得把厚编织绳的一端从肩头上抽下来。对其他人来说，这姐弟俩看上去就像是一对双胞胎，长得很像，只不过贞德是一头乌黑的长发，而彼得则是齐肩短发。但是因为年龄尚小的缘故，他们的身体看上去在生理上没什么区别：瘦小而平坦，锁骨和肘部凸出，没有什么肌肉。

贞德靠着一棵冷杉站好，双手背在身后，朝着天空仰着脑袋，紧闭双眼说：“一定要捆紧，不然才是真的蠢。”

彼得将绳索在贞德的胸前饶了两圈，将她的手臂和身躯牢牢地捆在粗糙的树干上。他把绳结胡乱打在贞德的背后。做完这一切后，彼得站在贞德面前抱着胳膊说：“捆得够紧了，还有，你头发上会渗进去树汁的。”

睁开一只眼的贞德对弟弟说：“等一下，你拿个什么东西把我的嘴勒上。”

彼得找了一圈，他当然知道什么是把嘴勒上，但也有点不确定。因为这听上去跟呕吐有关联，但他觉得应该是像电影里那样拿点什么东西把嘴巴勒上根绳子。“我可以把袜子接起来。”他提了个建议。

“那就这样吧。”贞德回答。于是彼得脱下一双袜子把它们接在一起，中间的连接处是个结，正好塞到姐姐的嘴里。

“呜呜呜……”贞德含混地喊着什么。

“啥？”弟弟当然听不到姐姐在说些什么。

“走……现在，走开。”

于是弟弟便跑出了这片阴暗的森林，趁着暮色往家那边跑去。

彼得回家后洗干净了手脸，穿了双新袜子让自己的脚暖和起来，然后又吃了一片芝士三明治，还喝了点苏打水，便打开电视看了起来。夜幕降临，他一直在想，姐姐说的“时间差不多了”得是多长时间啊。七点的时候，母亲问了一下贞德在哪儿。还以为是在做游戏，彼得便说姐姐正像往常一样在楼上看书。妈妈回答道，那就把晚饭给姐姐送上去，你爸爸今晚得晚回家。彼得便把饭端到楼上房间，放在姐姐的床中间，关上门走了。

对于彼得来说，等待的时间越长，游戏的趣味性也就越强。也许这次他真的能拯救自己的姐姐，而不是相反。姐姐以前一直是自己的拯救者。有一次他未经许可便爬上了房顶，失足滑倒后几乎要摔了下去，姐姐便聚拢了一大堆干草、树叶、枕头和垃圾来接住了他。另一次，他被锁到了粮仓中，而那时里面马上就要开始填满粮食了，又是贞德爬过下水道，从地板下面出来把他解救到了安全的地方，而下一秒便响起了填粮的汽笛声。还有一次，他拿着母亲的刻刀，想成为一名真正的海盗而不是做什么游戏，结果却割伤了自己的小臂，又是贞德紧紧地把手压在他的手臂上止血，都把那儿按出一块淤青；接着她又脱下自己的衬衫当成止血带给他扎上——那时的他们还不是完全知道“止血带”这个词的含义呢。彼得就这样坐在客厅里，一边看着电视，一边回忆着这些旧事，直至深夜。

快十点的时候，母亲扬着洗碗巾催促他赶紧上床，让他提醒姐姐应该关灯睡觉了。彼得说了声晚安，关上卧室的门，然后从窗户爬了出去，开始他的拯救行动。

到林子里并不难，有条陈年小道通到那里。然而白天就很阴暗的树林晚上就变得更黑了，所以找到两个人之前分开的那个地点就变得有点儿困难。树影婆娑，夜风呼啸，各种声音此起彼伏。彼得能嗅到树皮、泥土和湿气的味道，他后悔没带件大衣出来——风扬起了散落在肩膀上的头发，地上的潮气渗进了他的运动鞋。

每个孩子在面对恐惧时的承受力都不一样。林子里黑影快速摇曳；也许是因为刮蹭到了树枝，也许是树叶和松针受到了瑟瑟夜风的吹，树林发出了低分贝的呜咽声。

白天中身披各色羽毛叽叽咕咕的鸟儿们在黑暗中无论听上去还是看上去都像是一群蝙蝠，无处不在。彼得已经感觉不到冷了，身上开始出汗。尽管对这片树林的恐惧感越来越深，但最令他害怕的还是当他越过一个熟悉小土丘时所感受到的场景。随着他向上爬去，噼啪声也越来越大，听上去如同几百个树枝同时爆裂。他的心脏在胸腔中怦怦乱跳，掌心满是汗水，前方似乎有片越来越亮的光。爬到土丘上后，彼得像个跑步运动员一样喘着粗气，皮肤发痒。闻上去有些不对！彼得顿感头晕目眩，整个人都屏住了呼吸。

山火！

橙色、白色和红色的火焰点亮了面前的森林，他能看到自己和姐姐分离的那个位置。炙热的空气钻入他的鼻孔，也狠狠地灼烧着他的眉毛。彼得用胳膊掩住脸，大声地喊着："贞德！！！"然而他并没有看到捆绑贞德的那棵树，因为所有的林木都在剧烈燃烧。他当然也看不到什么绳索以及那双被某个笨蛋打上结连在一起的脏兮兮的袜子。浓烟熏疼了他的双眼，眼泪打湿了脸颊，彼得咳嗽着，想再次呼喊姐姐的名字，却什么都喊不出来。这个男孩全身瘫软，倒在地上，放声恸哭了起来。

慢慢地，如同晨雾一般，一股轻柔凉爽的水汽开始打着卷弥漫而来，降落在这片山丘和树冠之上。这个蜷伏在地上的男孩感到后背有一丝凉意，他的膝盖和双手能够感到从地面传来一种低沉的响动，伴随各种频率的震动，响声汇聚成一体，发出嗡嗡的嘈杂声，如同成千上万个孩子在低声吟唱。黑夜被水花笼罩，和普通的雨水不同，这些水滴更加浑圆饱满，树冠被水滴浇灌着，原本橘色的光芒慢慢变成了蓝色，而四周都被这种蓝光所渲染。现在，彼得能够看到整个森林了，他发现自己的双手、身体以及地面、树木乃至四周的所有事物都成了蓝色，一股凉爽的气流使得周边的环境不再炽热。

透过蓝光，他听到有人正在呼喊着他的名字。

彼得抬起头，看到姐姐正在朝他走来，身体赤裸。贞德跪在地上，托着彼得的脑袋把他抱在怀里，用腿垫着他的身体，为他擦去脸上的污垢、泪水和烟灰，将他面上凌乱的头发拢到后面。巨大的嗡嗡声逐渐从森林中消逝，万籁俱寂，只剩下蟋蟀自由自在地鸣叫。

“对不起。”彼得悔恨地将头埋在胸前。

“听我说，”贞德安慰着弟弟，“发生了一些事，你听了别害怕。大地……活了。”

第八章

我不停地写写画画。

在牢房的墙壁上，在身体上，我用从厕所折断的一根手柄描绘着一幅带有希罗尼穆斯·博斯风格的鸿篇巨制。我一直在想欲望和恐惧是如何在人类的身体内蔓延的，而承载着这些故事的身体又是如何从来到人世后便抵抗着由文化所强加给我们的那些既定叙述的。我们总是非常愚蠢地想要篡改一切，但肉体有自己的看法，它用尽一切方式保存着自己的秘密，撰写着自己的传奇。

我通过“飞升”之前人们口口相诵的故事以及与贞德的被俘、刑讯、审判以及所受火刑有关的残留视频片段来还原出她的童年，然后又借助痕刻将这个女孩的少女时代记载下来。

贞德的故事慢慢地从我的身体上浮现出来。我用腰部来记述她的童年，附近是她的母亲、父亲和兄弟；她生活的小镇在我的后背；她的亲密战友里昂则被纹刻在我的大腿和更靠上的位置，那里也是我曾享受性爱的乐园，我用恋人般的口吻记述着她。

贞德最喜欢上科学课，她热衷于学习微生物和量子物理，对它们同属于弦理论的研究范畴感到兴味盎然。这些事物虽然大小不同，但相互共存了亿万年。贞德最崇拜的先哲是阿尔伯特·爱因斯坦和罗莎琳德·富兰克林，她常常在他们的照片周围画上DNA双螺旋的图案。贞德最喜欢的“活人”是一位叫里昂的越南裔法国人，这是她永远的好朋友。当然，还有她的弟弟彼得。尽管贞德不能和动物交流，但还是觉得与它们相处比跟人打交道更自在些。但是，整个世界才是她内心深处的最亲密的伙伴，只有树木与泥土、岩石和雨滴、海洋跟河流才能让她感到自己几乎是完整的。

只有在学校里，贞德才可以暂时忘记那奇怪的蓝光和脑海中的歌声。通过学习世界地理，贞德可以说服自己只有大自然才是她真正的羁绊，还可以以此忘掉萦绕在头脑中的那首歌和父母在收看晚间世界新闻时与日俱增的焦虑，让自己的少女时代远离其他事情带来的烦恼。

但即便身处校园，有些麻烦还是会找上贞德。一天，一个有着锈色头发的男孩朝着里昂的胸口猛推了一把，里昂被他推倒在地，呼吸也变得发抖。贞德急忙叫来老师将里昂送上了救护车。

里昂被带走后，贞德躲进一个水泥通道里揪着自己的头发失声痛哭了起来。放学后，她找到了那名有着锈色头发的男生，对他说了句“跟我来”。

男生并不怕这个女孩子，傲慢地说道：“什么？”然后便向她走去。

贞德把手放在男生的肩上，然后闭紧了双眼。

“你这怪物想干什么？”

贞德感到那道蓝光从头发与耳朵之间无声地冲出，嘴唇也稍稍抽搐了一下。

“随便你想干些什么。”男孩嚷道，但贞德将自己的双手牢牢地锁压住他的肩膀，如同一对肩章，让这个男生动弹不得。

“这是怎么回事？”男孩大声嚷道，然而无济于事。

当贞德睁开眼时，四周的树木立马开始震颤，树叶打着卷从枝干上飘落，形成一个巨大的旋涡。风也跟平时不同，看上去变得更加猛烈，男孩的脚从地面上升起，多亏了贞德放在他肩膀上的双手他才不至于飘入空中。贞德的眼睁得更大了。

“放我下来！放我下来！”男孩号哭道。

“如你所愿。”贞德回答，同时取消了对男孩的控制。男生被旋风裹挟着四处飘荡，直到贞德舒气时才被砰的一声甩回地面，一条腿骨折了，男孩啜泣起来。

再次跑去找大人帮忙之前，贞德对这个男孩说：“别再招惹里昂，不然你以后别想从天上下来。”

里昂的小心脏有着先天缺陷，现在的她使用着一颗猪的心脏。“异种移植”与“里昂”是贞德最喜欢的两个单词。对于贞德而言，“异种移植”代表着人与动物之间的距离正以一种她所欣赏的方式进行着改变，而“里昂”对她而言便是里昂本人，仅此而已。有时贞德会独自一人转动着身体默默呼喊着这个美丽的单词，双手紧握心前，眼睛微闭，仿佛正在祈祷。

里昂有一头散落在后背上的长发，她的微笑宛若一个成熟到炸裂的苹果，眼睛好像以往蓝绿色的池水，她的力气不会输给那些敢和贞德掰手腕、赛跑或者嬉闹的男孩子。她们常在山脚下清澈的湖水中裸泳，也会在大人看不见的时候守着篝火互相依偎着对方。里昂这个人名对贞德来说就是爱的代名词。

在贞德将男孩抛向空中又狠狠摔下那天，所有事情都改变了。在大人将男孩搬上担架运走时，贞德听到他在大喊：“她有问题！”男人们异常严肃地盯着她，而女人们则紧绷着脸。

就像大多数过早出现在孩童身上的天赋，贞德的所作所为也迅速引起了关注，然而我们并不知道她的下一项异禀会如此地同人类历史接下来的篇章完美契合。

有时候我也不确定是否准确地记得战争的开端或它是如何结束的。坦率地讲，我们似乎出生在一个战争永不停歇的世界里，现在的我们就像虚弱无力的希腊众神一样盘旋在过往之上，依靠着身下那颗干涸垂死的星球苟延残喘。

在我的记忆中，地球时代的“战争”不再是过去某个地方的一幅图片、一个话题或某个晚间新闻节目，它化身成为片段与幻影，贯穿于整个时空。那时，如同化学反应一般，联盟的建立和解体都非常迅速——大国强权分立成更小的个体，而较弱小的势力也会像蜂巢中的蜜蜂那样因聚合而发展壮大，让人心有不安。对于领导者而言，他们崛起与陨落的速度甚至要快于季节更替。

已经没有时间来教育孩子了。

如同中世纪或者其他世界大战发生时的情况，孩子们能做的只是去适应这种暴力氛围，拿起武器，多做少想，付诸行动。

大战发生的前一年，科技似乎得到了不可思议的蓬勃发展。科技使得家居环境、汽车、就业中心和教育变得智能起来。物理世界的阻隔在人类和快速流转的活跃信息面前薄得如同一层膜。同电脑迈入历史舞台时一样，合成生物学成为当时的年代主题：在由车库临时改造成的实验室中，一些充满了书呆子气的未成年孩子用自己的聪明才智解决着自己的难题。很快，经由微生物，就像酿造啤酒那样，玉米被转化为塑料；而把一颗种子扔到窗外，一夜之间就能得到一座令你欢呼雀跃的花园——从幼儿吸杯到建造房屋的全套合成材质的脚手架，里面什么都有。

有些事情并没有那么复杂。我们越了解自己的身体，对宇宙的理解也会变得更加深入，反之亦然。活的有机体是现成的生产系统，几乎完全像一台电脑，由程序加以操控。合成生物学和合成基因组学正是利用了生物有机体是可编码生产系统的这一特性；虽然微生物不能将石头变成黄金，却完全可以将粪便转化为电力。

在这个年代，经过重新设计的微生物可以检测到饮用水或喷雾剂中的有害物质，还能向旁边延伸以生成生物膜，也可以复制肌理性图案和图像，用作微生物复印机。大肠杆菌这种世界上复制速度最快的细菌，经过重新编程后已变成为便捷输血制造血源的机器。依靠微生物技术，人们为检测和识别疾病找到了可以更为迅速可靠的新途径。基因微生物解决方案与干细胞医学的发展相结合，使得以往对于疾病和健康的老派描述听上去就像"天圆地方说"那般逐渐消失。人体四肢亦可以再生，失活的心脏可以重新跳动，失去视觉的双眼也能重获光明。这是人间奇迹。

当然，伴随这些突破，人们在获得治疗方法、希望和解决办法的同时也迎来了科技进步的对立面：战争手段也得到了可怕发展。在首次由核无人机执行的攻击发生后，没过多久敌对方的无人机便还以颜色，一场几乎没有士兵参与的战争爆发了。然而，所有的冲突最后仍会降格成面对面的直接暴力，就好像人类无法忍受远距离的杀戮，战争对他们来说是最好的戏剧舞台。

于是之前不可思议的一幕上演了：童军。

随着作为社会组织基本单位的家庭开始解体并丧失其在社会结构中的功能，童军便迅速而有机地诞生了。起初，童军似乎仅仅是权宜之计，并没有直接参战：孩子们充当劳工、间谍、信差和侦察员。没过多久便出现了童警，最后，娃娃兵便出现在各个军队里。终于，整个世界都把儿童置于暴力之中了。过去我们曾说要保护儿童免受战争侵扰，要让这些最为脆弱的生命远离血淋淋的人类现实，其实这都不过是些成年人用来掩盖真相的花言巧语，那些大人们说的爱孩子胜过自己的虚伪言辞早已被残酷的真相戳得体无完肤。

随着战争的渐渐升级，普通百姓的生活也随之不再。

贞德可谓是一名表现不俗的童军。她在军事上的才能非常高超，但因为她常常在战斗的关键时刻将自己的双手秘密或半秘密地放在地面上，所以尚未让自己的英勇表现获得官方嘉奖。几乎没有人见到她悄悄地将自己的步枪搁在一旁以及她额头上所发出的蓝色光芒，也没有人能听到在她头颅中演奏的那首粗犷歌曲。贞德就是一部活生生的战争史诗，每过一段时间便会书写新的篇章。当她伸手触及树木、水体或泥土时，整个战场就会像一张飘摇的床单般剧烈颤抖；大地会出现裂隙，吞下当时所面对的任何敌方坦克、战车和前线士兵；又或者洪水会冲毁河堤，向敌人的膝盖横扫过去。没有人能够发现贞德的所作所为。

里昂第一次看到贞德这种宛若异界的战斗技巧还是在一次战斗中，当时他们抵达战场太晚，而贞德的母亲恰在战区担任护士。当她们刚刚就位时，一颗震动炸弹爆炸了，把所有东西炸了个底朝天，贞德的母亲也在其中。贞德和里昂拼命向医疗帐篷奔去，然而一切都太晚了，所有的医生、护士和病人身上满是鲜血。

我在自己的作品里给了贞德母亲一张带着微笑的脸庞，她的眼睛是蓝色的，有着玫瑰色的脸颊，好像离开人世的前一秒还在思念着自己的女儿。但事实上，我们无从知晓她在那一刻的心情。贞德和伙伴无法救活母亲，她的面色早已如冬夜中的冷月那般苍白，双眼睁得大大的看上去很可怕，被炸开的喉咙就像是另一张嘴。里昂看到贞德将自己的手压在母亲碎裂开放的气管上，上面满是红青色的血肉和骨茬，这不禁让她开始干呕。当贞德放下母亲站起来后，里昂能看到她肃杀的脸上已满是杀气。

我把这一幕纹刻在了自己的腹部。

手上尚沾着母亲遗体上渗出的血污，贞德重新投入当天的战斗中。她伏下身子，低得脸颊几乎要贴到地面。里昂看到贞德的耳朵附近在闪烁着什么，还以为是敌方瞄准器射出的激光，于是便躲在一辆吉普的残骸旁努力为贞德提供掩护以免她被敌方狙击手射中，但是并没有什么狙击子弹射出。相反，里昂认出了贞德额头上那道熟悉的蓝光，她看见贞德将嘴唇贴向地面，似乎要给大地做人工呼吸。

随后，周边所有的事物都开始爆燃起来，她们两个人得救了。融化的聚苯乙烯塑料和碳氢化合物糅合在一起如同一个热火果冻，就像凝固汽油弹那样。这些能够附着在人体上的东西引发了大火、爆炸、烧伤和窒息……里昂对那时的情况有着自己的解释：喷气式战斗机掠过时投放了燃烧弹，所过之处留下遍地燃烧的尸体，既有敌人的，也有友军的。

当贞德从地面上抬起身子时，里昂千真万确地看到她的整个头部闪耀着海蓝色宝石般的光芒，那种颜色如同单簇火苗中的焰心。

“我没有妈妈了。”贞德啜泣说，声音如同经受过侵蚀、板块运动的撕扯和水流的冲击，里面有一种与地球峡谷一样古老的愤怒。那时的贞德毕竟还是个青年人，无法遏制住体内的怒火。

看到了与自己形影相伴的贞德的另一面，里昂开始像磁铁那样被这个女孩所吸引。火焰，眩光，还有那种渎神般的特质，里昂无法自拔地喜欢上了这个女孩和她的身体。

某天，在战斗的间隙，一个差不多有14岁的男孩想跟贞德来一场拳赛。这一整个由儿童组成的守备部队几乎整个夏天都驻扎在俄罗斯森林中进行休整，而且肯定在秋天会被派往法国或者英格兰，甚至有可能被部署到加利福尼亚。这群孩子在俄罗斯的森林里过得并不愉快，那个男孩是个彻彻底底的霸凌者，想靠着无理的虚张声势维持自己的权威和地位。他朝着贞德的脸上啐了一口唾沫，扬起了自己的拳头。

贞德甚至都没有举起手臂，反而闭上了眼睛。男孩摆出拳击手的架势，双脚分开。但刹那间，大地颤动，在他那双笨拙的脚下，地面开始扭曲龟裂，人们还没有弄清楚发生了什么事，一棵赤杨树便破土而出将这个男孩顶在树冠上持续向上生长，直到他被悬在半空之中，发出鸟一般粗粝的叫声。这的确很有趣，但人们更多地感觉到的是可怕，周边陷入一片沉寂。

当男孩最终从树上爬下来后，又一件不可思议的事情发生了。

男孩没有号啕大哭或是反击，而是捉住贞德的手把她径直带到自己的父亲那里。这男孩的父亲驻扎在另一个森林中，是统帅北半球一个王牌部队的将军。在听到儿子讲述完贞德的所作所为后，这名将军与贞德展开了单独对话。

一直谈了三天。

在这三天中，贞德将自己的故事原原本本地告诉了将军。与她忧虑的母亲、喋喋不休的医生或是关心过度的辅导老师不同，这名军人只是静静地听着她的讲述，不发一言，不置评论，更没有觉得她是个疯子。据说，有时会从两人的屋子里传出一阵歌声。就在这几天，就在这个房间中，就在战争发展到白热化的时候，贞德面临着一个问题，一个由将军向她提出的直截了当的问题：

“孩子，”将军的眼中带着一丝难以名状的绝望，“你能给这场血腥的屠杀画上句号吗？”

第九章

我在监室中醒来，似乎身上满是汗水。我的监禁即将结束，但还得靠阅读身上的痕刻故事来让思想有所慰藉。作为睡前故事，即便身处漆黑一片的太空，它还是有些让人怀念地球时代的人和时光。我也知道自己其实根本没有湿，我只是还记得汗液的样子，渴望它能出现在我身上。

仿佛在头颅里有个电影院将眼皮当作了幕布。我不断重复着一个梦境，有关于太阳，有关于我们结局的诞生。在梦里，它真实得如同发生在现实当中，只不过呈现的地方是视网膜，速度也更快。在梦境中，时间得以提炼，图像可以移置。我并不是这个梦的主角，而更像是观察者，或者更准确地说——记录者。随着一幕幕事件在我的梦中上演，我可以看到自己将整个故事直接纹刻到身体之上，如同我正在书写着历史。值得注意的是，我在梦里竟然有头发。长长的金色卷发如瀑布般倾泻而下，拥绕着我的臂膀，如同木材的刨花随风在我的脸庞拂过。这是个神话吗？完全不可思议。

我的梦境也会随着时间的推移而发展，场景来自我不同的记忆碎片：有段源自我在童年看过的一场电影。在电影中，一名出身农民阶层的俄罗斯男医生像浮萍般在历史中随风飘摇，因为偶然因素或自己的选择，为不同的暴君服务；或置身于各种革命或叛乱之中，如同一颗不起眼的小部件。有时他是某个伟大时刻的一小部分，有时又会被不公正地监禁或处罚。他和自己的生活以及更大的故事之间并无因果联系。这名医生有着两名爱人：一位是他的妻子，依从这个国家的社会秩序自然而然地来到他身边；另一位则因为自己的阶层、美丽甚至社会压力而遥不可及，但正如一切悲剧里的恋人那样，两个人被各种偶然无法阻挡地推到了一起。在这个电影中，战争肆虐升级，灼烧着一切，将万物摧毁至灰渣和虚无，没有什么东西能够幸免，恋人、孩子、动物以及梦想都化为乌有。

这个电影让我哭了好多天，它的壮丽剧情、浪漫故事甚至艺术手法都深深地烙在我的脑海里。对个人的微观描写以及对历史的宏观记述用一种我前所未见的方式在电影中交织与融合，如同语言搭配着音乐，旋律陪伴着和声。这部电影暗示，要成为真正的人，就要经受所有人性上的动荡和升华，在面临困难时也绝不能退缩，更不能向逆境投降；要明确历史不等同于过去，而应是你有意为之的事情。好似即便知道自己马上就会被谋杀，还是会如迎面奔向失控的火车那样义无反顾地选择这种生活。这是我第一次感受到了救赎，感受到生命的篇章不应仅仅局限于在宇宙中飘离的某个个体。

当我走出剧院，我和母亲说了这样一段话：“我们就如同太空中的星辰，整个剧院就是宇宙。我们是漂流其中的星尘，而周围的万事万物就是故事。”

现在，我更相信这种感觉了。

随着地球资源告竭，科技掌握在更擅长杀戮之人的手中。“天穹”的崛起速度快于历史上任何一个帝国。能够进入“天穹”的人仅限于富裕阶层，被遗弃在地球上的人们要么被视为拖累，要么变成“原材料”供活下来的人们使用。

一位勇士崛起于战争、梦境与回忆之中。

一阵电力轰鸣声短暂地回荡在“潘诺皮托”里，仿佛某个机械装置正在深呼吸或打鼾。

有人在其他监室里咳嗽。

有人在呼吸。

还有人在哭泣。

我把手遮在眼上，眼前黑暗变得更黑，如同沉寂的宇宙、死亡或者我记忆中的电影院。我紧闭的双眼前闪耀着微小的白色火花，一幕幕浓缩而移置的记忆画面在脑海掠过，如同在观赏一部实验电影。

我的身体生长得异常迅速，形态也随之改变。我拥有一双巨大雌鸟的翼臂和母狮的臀部，在梦境即将结束时，我已经变成了一座白色的狮身人面兽，身处某片不知名的沙漠之中。我的身体表面混杂着不同物种的特性——羽毛、皮毛、鳞片和皮肤，风沙在我的身体上不断地刮过。

多么愚蠢的梦。

特林鸠罗却对狮身人面兽这个部分很感兴趣。他经常提议我们两个是否能“扮演下狮身人面”。这个提议很难回绝。试着想象——我蹲在地面上将脑袋高傲地扬起，把手臂向后摆成“L”型，然后将像动物一样优雅地撅着屁股——这一幕的确很有趣。

我不假思索地从床上跃下，双手和膝盖着地，匍匐到监室的开放处。我知道，现在是“潘诺皮托”的人造夜晚，特林鸠罗不可能看到我的，但也许他能够感受到我的动作。我尽可能地将自己的身子朝向他所在的方向，举起脑袋，端平下颚，将双臂平放在冰冷的地板之上，透过监牢的漆黑一片的墙注视着前方的黑暗，如同我能够透过墙看到外面的太空，仿佛远处的太阳正悬在我的头上灼烧我的双眼，要将所有人烤炙至死，将万事万物毁灭，让我们在烈火中涅槃。

“特林鸠罗。”我呼喊着，声音听上去来自另一个物种。

一片寂静。

然后，突然传来了回应：“给我学个鸡叫，你这个深海女巫！”

我深深爱着的那个人还在那里，特林鸠罗的声音越过他的监室传了上来。

一个矮小纤细、形状扭曲的机器人马上来到我的监室前，它的外形让我想起了树桩。幸亏它不是个活人，不然得多么的丑陋和难看。其实即便作为一部机器，它的模样也极其不堪。从它那里我得知自己仅仅是被传唤，当天下午就会被释放。显然，尽管他们从我的房间查抄了一些物品，但还是没有足够的罪名安到我头上。

我略微思考了一下，走近观察墙，戏谑地向空间那头喊着：“你那边怎么样？”

“什么？”他回应道，“你这个胆大包天的妓女，赶快给我笑一个！”

如果咯咯的鸡叫声能够在这个软禁室里带给他些许宽慰，那么至少这点我还能办到。我深吸一口气，用尽全身力气叫了出来，像是名呼吸有问题的老奶奶，又或者一只吭吭叫唤的火鸡。

“这是我听到过的最差劲的鸡叫声了。”特林鸠罗呆滞地说，他的嗓音远比他的实际年龄苍老。

他说的是真的，我很惭愧，但站在我的立场上，我并不知道如何发出像模像样的咯咯声。“你的判决结果如何？”我朝着他所在的楼层喊道。我知道，他将接受的惩罚应该比我的严重，他正在因此前的“性犯罪”而接受调查。

特林鸠罗用可能是历史上最了不起和最玄奥的咯咯声回应了我，但也有一些奇怪：他的咯咯声戛然而止，此后再无响动。事情有些不对劲，特林鸠罗式的笑话从来都是有始有终的。我拼命地探着脑袋想要看一眼他，然而终究是徒劳的。我给我的自动化监管员发了个信号，一个类似于跑步机的东西探出“脑袋”向我移动过来。

“告诉我7-7-2监室的数据，”我机械地说着，话语里没有抑扬顿挫，“特林鸠罗·福赛思。”

“无法实现。”这个玩意儿就回了这么一句。

“听着，你这堆螺栓和电线组成的垃圾，我拥有最高级别的访问权。我的名字是克莉丝汀·皮桑，你必须告诉我7-7-2监室的信息，否则我就要在你的屁眼里插上根锈螺栓！”

一时间我有些后悔说了这些话，仿佛这样有可能会伤害它的感情。这个机器转来转去地画着个半圆弧，将摇头娃娃一般的显示端朝向地面，然后嗡嗡响着重新进入工作状态。它将我从观察孔中推回，然后突然说了一句“访问拒绝”。接着盘旋至高处，发出一道激光，在距离我的脸颊不到一厘米的墙壁上划出一道口子。我抚摸着自己的脸颊，反而期望有些许血液渗出。杀了我不会激起任何波澜，让我活着也不会对这个世界有任何影响。

我极力靠近监牢开口一面的电流网，大喊道：“特林鸠罗？”

仍是一片寂静。

回到床上，我像个僵尸般一动不动，只希望那个小小的银色蜘蛛能够再一次拜访我。除了等待，我甚至努力期望自己可以变成一只昆虫。当你所居住的空间远离以前的自然世界，很容易觉得万事万物都不过是物质和能量——毕竟，使唤一个人工智能体便捷得如同将一条狗叫到你的脚边。但是，如果生命真的不过是一团能量而已，那我岂不是可以像古代宗教或魔法故事里的僧侣穿越火焰那样轻松地穿过监室的墙壁和力场？事实上，如果真的这么做了，我会被烧成焦炭，这一切会发生得很迅速，如同消失于无形。太空中并没有多少血液、内脏或肉块的存在，大多数能量在结束时会生出火焰，以此证明自己曾存在过，但这也仅仅是一闪而过。

稍迟的时候，蜘蛛的确再次光顾了我，它爬到我肩膀和下巴之间的区域，将我从睡梦中挠醒。虽然有些痒，但也有一种被爱抚的舒适感。天哪，我这是多么的愚蠢和孤独啊。我闭上眼睛，静下心，等待着那种让我有些疑心的小节奏的再次出现。每当它敲击我，我都会用自己的手指重复点击一次。

-- -.-- / - . . . . . .-. --- . . . - . -. / . / .- -- / - --- / - . . . . / . -.- . -.-. .- - . -.。

我–的–爱–人–我–将–会–被–处–决。

“我的爱人，我将会被处决。”

莫尔斯电码，那还是我们小时候在森林里玩战争游戏时采用的交流方式，已经好久没有使用了。我开始啜泣，既搞不懂状况，也不清楚他是因何种具体罪名而遭到指控，或又将在何时以何种方式面临着何种处罚。但我清楚地知道，一旦特别法庭的判令执行，就没有丝毫的回转余地。即便特林鸠罗能够得到一场审判（鉴于他的大量违规行为，这不太可能），审理他的法庭也会成为其他人的剧院。我的脑袋和嗓子一起被噎住了，无法运转，身体变得冰冷而僵硬。在这间愚蠢的囚牢中，我一度想要轻生。然而一股怒火从我的腹部烧起，我的身体因而扭曲，胸腔几乎炸裂。我坐立起来，那只蜘蛛仍紧紧地贴在我的脖子上，我握紧拳头，指甲深深地嵌在掌心，再张开时手掌上留下了半月形的压痕。

他们不能对特林鸠罗为所欲为！我也绝不会允许！这个愚蠢的“天穹”世界宏大而空洞，我们的生命与它相比可能不值一提，但是一个人可以为另一个人带来人生的意义；一个人也可以将自己的所有能量输送给另一个人，至死方休。

-. --- / -. --- - / -. . . . . . .--. .- . .-. / . / . -. - . -. -. / - --- / -.-. --- -- . /

- . . . . .- -.-. -.- / .- . . . / -.-- --- .- .-. / . . . - .- --. . -. .-

“不要绝望，我还想回来。”

这就是我亲爱的特林鸠罗，就算面临死亡还能看到光明，即便身处逆境也能十分性感。

我被押送回了自己的起居室，此后再也没有见到他或者那只蜘蛛。

可我的计划依然没有改变，而且在不断完善，掺入了人类的阴谋和玄妙。但是，我的愤怒却与日俱增。刻笔下的贞德正在上演一场波澜壮阔般的死亡诗篇，而之前耳边萦绕的那首歌也重新回到我的脑袋里。

第十章

我的学徒望着我，尽量控制着皮肤的颤抖，“会造成永久性伤害吗？”

“你是指会烧到心脏一类的体内器官吗？”我瞪着她的小脑袋。年轻人的头为什么会这么小？这让他们看上去有些畸形。“我们没时间怯场了，”我不动声色地说，“从走进这个门开始，你就应当丢下所有的怯懦，不然就去干点别的。这是个严肃的工作，我必须先于最后期限完成，既没有时间也没有耐心来教导一个学徒。”我僵直地坐着，面无表情地看着她。她的皮肤是半透明的白色，接近于蓝色，好像她的血管和动脉才是主导。不，也不是蓝色，而是一种掺杂着蓝绿色和白色的海蓝色，也许这只是由于我太想回忆起之前的颜色了。这名学徒的左右肩膀都有劙痕，是装饰性的小翅膀，还夹杂着一些幼稚的励志格言。她的模样介于两栖生物和雏鹰之间，然而我可没有喂养她的意愿，她必须立刻长出爪子，否则就得出局。“做个决定吧，就趁现在！”我呵斥道。

学徒大口喘着气，肩头瑟瑟发抖。

“听我说，你为什么要这么做呢？”我问。这听上去是个合理的问题，我此前的大多数学徒都是出于冒险，或是为了体验身为一名痕刻师而非被痕刻者的新奇感。不管他们知晓与否，我一直知道隐藏在这种选择下面的是某种施虐欲。最好的纹刻师不仅仅是一名施虐者，同时也是受虐狂。而且，他们为这种自我舞蹈感到惬意，一旦尝试便无法自拔。

“我……”她欲言又止。

“好吧，开始。”我准备拿起工具。

“等下！”她紧紧地握住我的手臂。

她马上缩回手，似乎没想到我的手臂上有层层叠叠的文字内容。我们两个人都注视着这根手臂，上面黑白相间，纹路复杂，皮肤已被完整的诗意图案所覆盖。她又将手放回我的胳膊，像阅读盲文那样，用手指一点点地在上面掠过。

“我想要这种的。”此时她的声音坚定，而且提高了至少两个音阶，与我四目相对。她肩膀上的劙痕一直延伸到颌骨附近，看上去有些可笑，海蓝色皮肤下面隐藏着一种力量，一丝不羁。“我想要成为高手，我想要比这行的其他人都强。我要人们求我为他们进行创作。”

她还有希望。

我开始工作。“我使用的电灼法要用到一只类似于钢笔的工具，顶端是一个炽热的烙点，可以更换。”我把电灼笔举到她眼前，“看到了吗？这种技术能够提供高于其他工具的精确度；它所制造的烧痕在深度和宽度上最具一致性，就像文身那样，可以隔着蜡板将上面已画好的图案摹写至皮肤上。但在进行文本痕刻时，最好根据个人喜好来设计线条、图形以及段落的字体和外形。”

说这些话的时候我的喉咙仿佛在燃烧，正是特林鸠罗帮我设计和制作了这些可转换的端头。我发现自己正带着一种撕心裂肺的复仇感来继续我的教学，默默地为特林鸠罗的命运而哭泣。女孩看不见我的泪珠，因为它们像大海的珍珠一样藏在我眼中最深处的角落里，外面包裹着我沿着眼睛和眉骨纹刻的海浪般的肌肤褶皱和卷曲。每一滴泪珠沿着覆盖在我颧骨周边的痕路和凸起流下，不知不觉地滑落到我的嘴角，我品尝着这些泪水，如同吞咽下了我的爱情、怒火和恐惧。

我不知道特林鸠罗还剩下多少时日。通常这类事情不会急于实施——处决对于“天穹”中的居民来说是一种戏剧化的娱乐，因此执行的时间会随着“供求关系”的变动而适时调整。但是我早已在脑海里筹划我的图谋，如同编织一条残忍的铰带。当然，我必须现身这场处决，然后在那里展示自己的人体艺术，让肉体表达我的蔑视和抗争。不过，现在的我心里有了更多的打算。

在工作的时候，我构思出一个整体设想，一个需要我利用所有可能的时间进行准备的计划。我会从自己的身体史诗中提炼、截取并移位出个人故事线，将其转写至其他人身上，将我所撰写的宏观篇章变成微观劙痕承载于每个人的肉体之上，由此，我们中的所有人将可以组成一支“军队”。

现在剩下的问题是怎样将特林鸠罗的脱逃设计成戏剧的一部分，要做到这一点就必须和他进行沟通。我需要更多信息。

蜘蛛又回来了，这并不让我感到意外。我盯着它，轻轻地晃动着它在蕨类植物上结的蛛网。你好，同志!

“苦艾酒的收敛效果非常好，”我说着转过身来，将注意力收回到学徒身上，而她则看着我，一脸茫然，“这是一种地球上的老古董。”我补充说。她的眼睛更加困惑了。我将苦艾酒轻轻地拍上她的左前臂，她对我报之以微笑。“我们准备画一根单一线条，一段简单的练习句子——‘让·德·摩是猪粪。’我纹前半句，剩下的你来。”

我等着她的回应，然而没有。

“你知道自己要站在哪边吗?”

她点点头，依然不发一言，然后将手臂在我们之间伸出，表示默许。当火红的刻笔接触皮肤时，她深吸了一口气，几乎能撑破自己的喉咙。

我用笔尖上的烙点将字母慢慢地写在她的皮肤上。“工具在皮肤上的移动距离不应过大，短暂而快速的点击最为有效。”我能听到她正在控制自己的呼吸，鼻翼翕动，拼命咬紧牙关。“不要激动，我现在在你身上所做的仅仅是二级烧伤，除非达到三级烧伤，否则我们是不会看到你的脂肪层的，毕竟，我们还不太了解对方。”我开了个玩笑。

肉体燃烧的气味闻上去就像抹上红糖的牛排在烤架上煎烤——刺鼻，令人感到眩晕，有时会掺杂着爆裂或噼啪声。然而我只听到她的皮肤嘶嘶作响，偶尔会发出一小声可怜的呻吟。

“你叫什么名字？”我随口问了一句，并没有等待她的回答。“人肉燃烧的味道是一种奇妙的组合。燃烧的肌肉闻起来与人类曾食用的其他动物食品并无二致，都是一股烧烤味。脂肪闻上去更像是地球上的早餐吃的培根。肉畜在屠宰后会被放血，所以我们食用的牛肉和猪肉里不会有太多的血管。但如果是人体被烧灼，其富含铁质的血液会有铜制金属部件所散发的那种味道。”

她的脸颊略微抽动，眼睛噙满泪水。她很了不起，一点都没退缩，但脖筋已是高高隆起，皮肤紧张得几乎发光。

“你知道吗，整个身体以及里面的器官因为富含水分所以很少能够彻底燃烧；它们闻上去就像是燃烧的肝脏。”我停下来看了眼她的脸——这个人对动物以及如何食用动物一无所知，我不禁在想她的脑袋里会出现什么东西。“他们说燃烧的脑脊液闻起来有股香甜的麝香味。”

她深吸了一口气，脸色有些低沉。

“皮肤在燃烧时会发出一种木炭般的气味，而头发着火时闻起来像硫磺。这是因为毛发中的角蛋白含有大量的半胱氨酸，这是一种含硫氨基酸。不过你应该不知道是什么，对吧？你看过头发的图片吗？”学徒点了点头。“蹄和指甲里也含有角蛋白，这就是真龟壳被点燃时闻起来像头发的原因。焦煳头发的味道能在鼻孔停留很多天。”

我完成了自己的半句。她的皮肤发红，因烧灼而发出一缕烟雾，身板僵直但看上去很疲惫，微微喘着粗气，我将灼刻笔递给了她。不过，笔既然握在她手里，不管她下面想要说些什么，都可以酣畅淋漓地表达。这支笔就是此刻的主宰。话又说回来，我的学徒也可能因此而头晕目眩。

她盯着我的眼睛，问了句：“龟壳是什么？”

然后便准备在自己的手臂上进行创作。

我能听到她在时不时地低声咕哝。看着“猪屎”一词在她的手臂上逐步成型并变得红肿，我微微一笑：她不但有希望，而且还大有前途呢。

“我可不是什么没见识的小姑娘。”她骄傲地说。

这到底是勇气还是傻瓜的自供呢？我顿时有些好奇。这群孩子是“天穹”中的最后一批年轻人，他们不会经历之前那种无法逆转的巨变。一想到这些，我的心中不禁有些刺痛。

“你想知道怎样才能潜入特林鸩罗的囚室吗？”

我猛地暂停了呼吸，狠狠地盯着她。

她报之以微笑，继续自己的创作。“我和其他人有一些不同，这一点只有特林鸠罗知道。他帮助我……完善了自己的天赋。”

我不由自主地抓住了她的手腕，灼刻笔悬在我俩之间。“什么样的天赋？”我继续握紧她的手腕。

“墙。”她低声说，极力想挣脱我的束缚。

“墙？这是什么意思？”我侧着脑袋研究着自己房间的墙壁，完全搞不懂她在说些什么。

“放开我！”

我照做了。

她站起身走到墙边，将手放在上面。在她背后所看到的一幕让我改变了自己的看法，她不再是我眼中那个一无所用的生物；我发现墙壁逐渐变成液态，看上去如同水体一般，然后渐渐消失，房间隔壁的信息中心赫然呈现在我眼前。

我倒吸一口凉气。

她就是特林鸠罗所说的“激变者”，他们的变异带来了人与物质之间的交互。不过我以前并不相信他的说法，认为这只不过是他的愿望和幻想，近乎神话。但是现在看来，我才是那个愚蠢和无用之人。

她又将墙壁复原到之前的状态，继续我们的痕刻工作，伏下身子专注于手臂上的纹刻，不再说一句话。

我瞥了一眼那个正设法在自己精巧杰作上旋转的蜘蛛——在我

们干活的时候，它为自己结了个网。在未来，当我独自一人完成了在身体上的真正创作的时候，我盼望着这只蜘蛛能够带着它的故事和知识横贯过我最新灼刻的身体，做一次短暂的旅行。

我转过身朝向这个女孩——“女孩”一词已不足以形容我面前的这个人，在我俩的对话中，她似乎已经成长为一个“女人”，无论那意味着什么。

“尼克斯，我的名字是尼克斯。”她说道。

现在，我们有三个人了。

第十一章

当继续将贞德的故事纹刻上自己的身体时，我曾经一度认为自己会死去。

然而并没有。

相反，那首萦绕在我脑海中的断断续续的曲子开始拼凑成一首完整的歌，至少看上去是这样的。

在我看来，我的身体已有答案：这歌曲就是我的身体本身。肉体与艺术，这两样东西总是为争夺主导权而走向决裂。艺术之所以能在这个宇宙中保留自己的立足点，是由于即便贫穷，也有人会因面前的一幅画作而满含感动的泪水；即便发生着种族灭绝，也依然有歌谣拒绝沉默；即便一个星球被遗弃，依然会有人拼尽最后一口气让某个传说得以流传，依然有人会像保存DNA或明星曾用过的物品一样将这个隐秘的故事悄悄地保存下来，如获至宝。

我们将会在特林鸠罗处刑前登台演出，“演员”是那些被我们偷偷从囚室解救出的并通过痕刻与我们的事业紧紧联系在一起的囚徒。“天穹”官方和让·德·摩将会虚情假意地作秀一番，而我们也会上演自己的好戏。我认为特林鸠罗可以通过某根天索返回地球，远离这片了无生气的孤舟，在其他地方获得新生，而根据尼克斯的说法，这是可以实现的。除去混乱和尘埃，地球上一定还留存着一片适合人类居住的地方，肯定会有弹丸之地或洞穴能够提供维持生命所必须的条件。即便没有，我也知道，比起葬送于这个被我们一度视为能够延续更长生命的悬停而程式化的模拟环境之中，他宁愿将自己的身体回馈那片孕育我们的土地。

我的门动了一下，更多的志同道合者涌了进来。他们年轻，皮肤光滑，性征晦淡，对压制自己的“天穹”当局充满了愤怒却无计可施。哦，我们可以与特林鸠罗的发明来一场狂欢，我们的想象力还没有死，还可以放手一搏！

我将他们分成两两一组，然后再进行教学，这样他们便可以节省时间并互相在对方的身体上进行痕刻。在休息时间，我会针对表演列出计划，并给他们补充水分，这样就不会有人失去意识。有个男孩提出了一个问题：“特林鸠罗……这个人对表演重要吗？”我看着这个男孩，此前他体现性征的身体部位如今不过是一个光滑的肿块，没有以前如硕圆水果一般耷拉下来的睾丸，而且也不会散发出麝香、干草或汗水那样的味道。我的天啊，我立刻意识到他们是这片无法进行人口再生产的荒地上的最后一批“年轻人”，至少是最后一批非克隆的纯人类！

有一瞬间我体会到了立即冲上出杀死他的兽性，想要咬碎他的喉管，射穿他的身子，然后将他的尸体像对待外来物那样通过阻隔室冲刷到太空中。然而，这样做只会使我再次遭到监禁，我们并没有时间来承受，于是我只好鼓起了母亲般的耐心。

“亲爱的，我的……花瓣，”我抚摸着他的脸颊温柔地说，“特林鸠罗抵得上成千上万个我们。”我讲述了他作为一位名飞行员和工程师所拥有的超强天赋，也向其他人介绍了他们想要和需要知道的相关背景，发出了抵抗的号召。

“现在就开始吧！”我发出命令。于是大家开始互相纹刻，将贞德的故事和名字刺上自己的身体。

尼克斯站起身走向一面墙壁，距离足够遥远，几乎不会引起任何关注。“现在走吧。”我说。墙壁随之“溶解”，尼克斯走入其中。

对于我而言，争取时间是第一要务。

我扫视着这个挤满了年轻反抗者的房间，眼睛变得湿润，而他们在我的视线里也逐渐变得模糊。我握起自己的工具，从自己的大腿内侧一点点地开始纹刻。

在灼刻之前，我能感受到那里的皮肤分子在呐喊和重构。

有时，它们也会松弛和犹豫。我的肉体很久之前就已学会对灼烧进行预测，但是在这个被拉长的时刻，我能感受到体内所有分子都停止了移动。即将到来的死亡使故事偏离了原本的轨迹，想到挚爱任由疾病、战争或自然灾害摆布，此前的心如止水变得无影无踪。我放弃了原本想要刻在我身体上的那部分关于贞德的故事，转而进行了相应调整。

我一直将贞德视为英雄，用平常那种围绕男性主义的视角来理解“英雄”一词的含义和她的事迹。但是如果从女性身体的角度来看待，从一个被能量、物质以及星球而非上帝或某种高高在上的思想或信仰所束缚的躯体来看待，她的事迹又会与此前人类历史上的其他故事有着怎样的不同呢?

如果我们这些研究历史、铭记历史的人重新审视一下历史，就会理解为什么那些在国家极端危机中迅速掌控权力的人是非常危险的：在这样的危机中，我们都变成了嗷求慈父伸手援助的孩童。事实上，身处绝望和恐惧之中的我们能够将任何人都视为自己的父亲，即便他有可能做出危险的暴虐之事。人类似乎无法在没有父亲的情况下独立运作，特别是在那个时候，我们会将英雄的力量与它的黑暗一面混为一谈。

在当时的危机蔓延到整个世界后，当赐予我们脚下的土地和头顶的天空背弃我们时，绝望达到了顶点。我们也抛弃了所有之前的“父亲”们，他们在此刻显得如此虚弱无力，毕竟没有什么神灵能够阻挡地质大灾难的涤荡，毕竟恐龙可不会在乎谁是神。

一想到让·德·摩是怎样及何时成为“天穹”领袖的以及我们又是如何默许这一切发生的，我对我们这群苟延残喘之人的怜悯之情便瞬间荡然无存。我望着镜中的自己，想看看现在我们已经变成了怎样一种面目。我们存活如此之久是以牺牲地球仅存的资源为代价，这也包括我们所抛弃的那些人类，他们正在抬头仰望着天空。

这些想法带给我一丝苦笑：让·德·摩，一个名人，英俊而强壮，一个适格的新“父亲”。我们崇拜他多变的魅力，我们赞叹他所给予的精彩故事：他让我们相信我们聪明、美丽而富有，我们会是人类历史的新篇章，是人类进化迈出的了不起的一步。我们信以为真，如食甘饴。

但是，逐渐的，我和贞德一样开始拒绝接受这样一个伪装成救世主的人物，甚至不再相信所有的救世主。我身体上所烙刻的贞德真实形象不会进行任何神化或凌驾于任何人物或事物之上，其目的恰恰是要彻底地反对这种躁动。人类的肉体和动物、星辰在本质上并无区别，我们同泥土、水、树木和天空一样都是物质，仅此而已。人性仅仅是人性，是无数能量中的一点，其所附着的物质也有着产生、持续、寂灭的过程，最终不过是形态的转换。

为了感觉更好，我们一直将女性的故事依照自己的需求加以限制和扭曲。或许，我们可以前所未有地摒弃一次这种做法。

我会忠实地对其加以描述，说出真相，突破盲从，将文字和肉体作为实施反抗的舞台。

自从知道特林鸠罗要求像贞德那样被处以火刑，我就明确了两件事情：第一，我这大胆的行为会加速当局的处决进程，这也使得我整个身体都瘫倒在地板上；第二，自“飞升”后就一直困扰我的景象又再次回归了我的梦中。

事实证明，我对后者的判断出现了失误。那不仅仅出现在梦境里，同时也在生活中无处不在：工作、进食，甚至坐着一无所思的时候都会出现。它执意要占据我现在的紧绷神经，如同一部卡在我头颅中的电影。

在对贞德审判结束后，为了取得最大的媒体影响力，当局决定以古老方式对贞德处刑。具体来说，采用中世纪的火刑。这样做有几个好处：首先，她的遗体不会留下任何痕迹，将化为尘埃散落到太空之中。这是因为有些人担心她的骨灰会被收集起来以供纪念，或更有甚者会被用来神化新的反叛领袖。更令人担忧的是她留下的任何遗骸都有可能成为圣物，而这种物质残留会产生与信仰一样的危险效果。

此外，公众希望观看处刑对象于危险境况中被献祭——比起其他处刑方式，古老的火刑能够产生终极舞台效果，更好地满足公众的这一精神需求。确实有人建议使用电椅处刑，他们认为这会对民众产生与前者相同的效果，但由于对场景布置的要求极高，这一建议最终没有被采纳。溺刑是另一个受到欢迎的建议，然而水资源却极度短缺。有人表示可以三维动画场景取代真水，但也被迅速否决了，因为即便是最完美的模拟，“水体”看上去也会像杀菌凝胶。鉴于这一“盛事”会被制作成影片并通过世界各地的媒体加以传播，用烈火作为行刑工具不但可以创造出最炫目的视觉效果，而且可以吸引最多的观众。

最后，当局认为，火刑这一从人类历史流传下来的野蛮刑罚，可以提醒地球上残存的人类，火这一自然界中最为简单易得的最基础的元素，这一人们在这个被称为“家园”的尘寂星球上曾为之奋斗和保护的元素，最终将随时摧毁他们，无论是假手生态灾难，还是烈火本身；它的演进很容易，造成毁灭也相当简便。

以火之名，赐汝火刑。

脚手架以古老的方式搭起，贞德被固定其上，背景是几处已遭炸毁的城市，如荒漠般贫瘠；她并没有被事先告知处刑点，只知道时间是在晚上。

强风将尘土卷上天空，整个处刑台如同悬浮在尘云之上。

贞德仰望着蓝黑色的夜空，并不知道正在从上向下注视着她的我们；也或者她完全知晓：在某一刻，摄像机捕捉到她抬起头的画面，她似乎承认了我们所拥有的终极力量，也明白自己的所作所为将完全徒劳。

终于，大戏上演。有必要说明的是，即便执导的导演有着最高贵血统，这次火刑还是历经数次彩排之后才获得了理想效果和最佳画面。

贞德被粗暴地推向脚手架所在的地方，那里有刑柱和木柴在等待着她；贞德被悬挂在处刑台上，由石膏建成的台子很高，以至于行刑者在靠近她时都不太方便。贞德没有被戴上荆棘王冠，取而代之的是一顶纸质尖角高帽，上面书写着异端、背道、生态恐怖分子等污言秽语。

贞德提出了自己唯一的要求，她需要一根树枝，希望能看一眼。

相反，贞德只得到了一段虚拟的幻象，这令她勃然大怒。

“你的意思是说在处死我时连一根树枝都不肯让我看看吗？虐待狂，你这算什么？穴居人吗？我知道你肯定有一根，你一定会在进行毁灭的时候保留下什么，就像一个奖杯或纪念品，就像连环杀手那样给自己留下什么念想。你肯定有一整个纪念馆来纪念你所实施的每一次破坏活动。”

最终，为体现一丝同情，一棵种植于花盆中的无花果树被端到她的面前，放置在一个木制的高台之上，盆中的树木如花盆那样充满了塑料质感。

同时，贞德被牢牢地捆在了行刑柱上，她大声呼唤着土地、地球、动物、骨骸，天空、雨水和逝去的阳光，河流、充满盐分的海洋和真菌、藻类以及昆虫、甲虫，呼唤着万物，呼唤着那些早已或正濒临灭绝的物种。焦虑的“天穹”当局毫不留情地用合成的笑声来掩盖她想传递出的信息。

在将引火物和木柴点燃之前，已经有其他形式的燃烧开始了。沸油被倾泻在贞德裸露的身体上，融化的铅水直接浇注在她的胸部，她的全部身体淌满了燃烧的树脂、蜡油和硫磺，三者汇聚成火溪裹满了她的身躯，直至她的部分毛发和皮肤开始从身体上脱落。空气中弥漫着血液和蜂蜜在燃烧时所发出的气味，混合着焦煳的肉味与刺鼻的炭味。最后，木柴被引燃了，跳跃的火舌遮蔽了她的躯体。对着眼前的景象，我们是多么的迷茫——贞德在火焰中化作一座灯塔，她的容貌似乎升入天际，口和眼张开到极致，脸部向上凝固，像是在问“为什么？”而这似乎也是我们在那时想问的问题。

在亵渎者贞德被处以火刑时，我和特林鸠罗抱在一起，将脑袋埋进对方的怀中，像动物一样抚慰着对方。贞德，成为地球及她所代表的万物的终篇。

我们后来才知道，那晚她喊出的并非是“为什么”这个词，事实上，她也并没有说出什么词句。

她是在吟唱乐曲，一首浩渺宇宙深植于我们头颅之中的歌曲，它是太空中的和弦，在时光中泛起涟漪，每隔一段时间就会重返我的脑海之中。

然而，贞德处刑那天我们所看到的并非是一个被烈火烧死的女性，呈于我们眼前的不过是一堆特效。

贞德在那天逃了出去，而当局却并没有承认这一事实。相反，他们在全世界无休止地大肆传播处死她的虚假图像，直至这些图像和故事合二为一，直至谎言取代了真相，直至贞德的死亡彻底取代了她还幸存于世的事实。

可贞德毕竟还活着！

但无须思考得太过复杂，他们终究还是会处死我亲爱的特林鸠罗，除了我之外，没有人会为此感到一丝悲伤。现在的我给自己设置了三个目标：第一，完成我的身体痕刻并召集一群志同道合的朋友；第二，在他们处死特林鸠罗之前将他解救出来；第三，把让·德·摩和整个“天穹”世界推向那颗凄凉的太阳，毁灭一切！

我突然领悟到一个对抵抗故事的新解读：这个世界是被这个女孩亲手毁灭的！

这是一个多么渎神的决定。在预见到生灵将要遭受的荼毒后，正如我们后来所知道的，这名女孩毅然作出了选择——她毁灭了地球上的生命。

火山喷发，洪水肆虐，贞德崛起。突然间，一切变得清晰，我们将整个故事都理解错了。我们太渴望能将贞德归于我们所处的群体，以至于误读了她的目标。我们原本认为她想要做的是结束战争，拯救生灵，所以暗自希望自己能成为被解救者。

但是，贞德了解一件不为我们所知的事情：要结束战争意味着结束战争的制造者，需要将创造和毁灭结合起来而非将两者置于对立面。

我现在已经明白——《圣经》和《塔木德》，《古兰经》和“薄伽梵歌”，孔子、耆那教典《普瓦斯》（Purvas）和《吠陀经》的卷轴——所有这一切都将终结，取而代之的是书写在我们身体之上的《贞德之书》。

我结束休息，将正在像克隆蜜蜂一样忙碌的年轻战友们聚集在我的周围，然后把灼热的触针挑入我左大腿的血肉之中，皮肤上萦绕着红白色的微小烟雾，笼罩在我的作品上方。

现在的我，已经能够从不同的角度理解贞德了。

一幅修正后的战争场景展现在我们这些新世界的人类面前：在旗帜鲜明地以灾难填满天空之前，她依然像往常一样矗立在战场的风口浪尖，就在那个地方我们将她当成了救世主，而她却正在进行着与复活相反的活动："去创造"——这个词是由我提出来的。我在身体上纹刻出这样的内容：

沙土中浸满了石油，在这片黑色的土地上每走一步都必须艰难地拔出靴子。贞德的一只脚深陷泥沙之中，面前是庞大的"蛇群"：蛇形的人造公路，流淌着黏稠黑色原油的蛇形河流，毒蛇一般满是毒素的小溪径流，土蛇状的流沙，而侵蚀峡谷边缘地带的隆起和皱褶也似乎在切割和蜿蜒而出。所有的事物都是黑青色，闻上去像是古代遗迹，让人产生一种征服、殖民和消耗的冲动。

贞德以不同于探索者的角度审视着这片土地，这就是我们为未来打造的城市，一片黏厚浓稠的荒芜之地。

她将思绪转回那个有着郁郁葱葱的山川与丘陵的世界，那时的天与地还存有界限。当时的她年龄不大，但能清晰地记着这幅画面。当她还是一个小孩子时，人类尚有选择的余地：一边是人类，一边是环境。我们对它做了什么也显而易见，原本希望达到的人与自然之间的和谐不可逆转地崩塌了。

现在，由于我们对发展的无休止追求，她所面对的是绵延无尽的瘀青色画面。阿尔伯塔油砂等于石油和水资源。这是故事发生的顺序，并不是什么秘密，未来不费劲就可以看到。这是司空见惯的老调子：我们是如何打着繁荣的幌子有意让自己变得盲目的。

她将黑色的靴头插进黑沙，一个阴暗革命计划应运而生。“不要再犹豫了，就这样吧。”有个声音说。贞德点点头，想要拥抱一下他，仅此而已。她还是个处女，一时间有个念头浮现在她脑海中，为什么不趁现在呢？谁知道我们还剩多少时日？他们甚至可以在完事后双双自杀，用倒下的身体重击大地，然后像夜空中的星辰那般重归尘土，用死亡来重塑光明和传奇。

对贞德而言，她所能提供的火力可以匹敌让·德·摩，而由并肩作战的军事叛乱者、平民和革命者组成的军队与对方的数量大致相当。一想到“恐怖分子”这个词，她就不禁在心里偷笑：当他们拥有话语权时，我们便是“恐怖分子”；当我们掌握主动权时，我们就是革命者——人，确实可以改天换地。她扫视着对自己绝对忠诚的军队，将自己另一只足跟插进这片失常的土地。空气中充满了石油和恐惧的味道，每个人的眼睛都被油气和火焰熏疼。她的身体从地面慢慢升起，就像是一个无用的问号。岩层的边缘开始逐渐变黑，破裂，并渗出浓稠的石油。

在让·德·摩一方，他继续发动着猛烈攻击，派出隐身无人机编队执行打击任务。与此同时，他努力完成着其为精英阶层制定的出逃计划，准备抛弃地球转而前往太空延续生命。对于他而言，环绕轨道运行的“天穹”是安全的天堂。他拥有一个生化武器库，一旦使用甚至可以杀死一多半自己的军队。他的手下是忠心耿耿的士兵、军事奴隶以及许多被欺骗的平民和平民奴隶——这其中还包括那些对未来不抱希望的人，他们是最好的炮灰。贞德还知道他会使用自杀袭击者，这种前所未有之事简直无法想象，人类再一次变成自己心中的恶魔。

但是贞德还留有后手：有什么东西能够同新型炸弹相媲美呢？虽未进行测试，但其威力有目共睹，能够杀死足够的人，给双方带来一场大屠杀。这种炸弹是集束炸弹的升级版，但其威力并不在于火力，也不能使肉体分崩离析，它凭借的是声音——宇宙的谐波一旦集中使用便会带来暴虐。但她并不会使用这种炸弹，而准备用自己的身体作武器。

在让·德·摩一方，他有着对人类多样性和差异性的仇恨以及放弃地球，以另一个蓝图重塑人类的病理学欲望。

坦白来说，贞德也有着自己的仇恨：人类自作自受，总是作出荒诞的选择导致自取灭亡；恐惧他人却又无力驾驭自我；以整个星球为代价来满足自己海啸般永无止境的消费欲。

身体是什么？她从12岁就知道，自己的身体能做到的不仅仅是进行大规模毁灭，几年前树丛中的那首歌早已将这点明确地告诉了她。

对于一些人而言，贞德似乎可以永生。在一次无人机进攻中，一颗被坦克反弹出来的弹片击中了贞德颈部和肩部之间的位置；在奥尔良附近的一次交火中，爆炸令一块巨石砸中了她的头部；贞德曾经历过枪弹、重击和流血的洗礼，甚至还被埋在一堵足有千年历史的中世纪城墙之下。

但是就在这里，阿尔伯塔油砂田的边缘，她率领着军队静静地伫立着，白色的旗帜在风中起伏，注视一架没有携带武器的无人机向她无声无息地飞来。控制无人机的远程扫描仪在一英里开外，这让她想起了历史上的乌鸦和信鸽，它们携带着战斗信息在部队之间穿梭。简单来说，这架无人机看上去像是一只具有远古或未来风格的飞鸟。

无人机慢慢飞到贞德的眼前，落下一面足有脑袋大小的屏幕，里面赫然出现的正是让·德·摩的那张脸，这使得贞德仿佛在同一个真人当面对峙。

“请接受我的歉意，”伴随着无人机旋翼的轰鸣声，屏幕里传出那个人的声音，“不过我无须亲自现身。请你放心，我的手指就放在按钮上，而你今天的生死全在我的一念之间。”

贞德啐了一口唾沫在地上，“你还是一如既往的聒噪，充满了毫无意义的愤怒。说真的让·德·摩，你应该把你剩下的时间都用来学习文学、历史和哲学，而不是把那些愚蠢的精力都用在将自己的形象投射在我的面前上。”

让·德·摩哈哈大笑，张开的大嘴几乎将屏幕一分为二。“我希望你能试试看，只凭传统手段可赢不了这场棋局。”

“身处世界末日的我们已经无所谓传统不传统了。”贞德将身子靠近那张躲藏在显示屏中的大脸。“当多元宇宙拉伸、动荡或停滞时，当物理学上的平行现实的存在证明了从来都没有真正对立的悲剧和喜剧、爱与恨、生存和死亡时，当语言和生灵发现自己被简化为愚蠢的二进制时，你所谓的棋局就会化为虚妄。我们不过是自我表达的一个版本，你也不过是你自身的一个表现形式，除去这个你，另一个版本中的你不过是一堆无机物而已。”

屏幕中又传来一阵笑声，“现在动手吧，你这次是真的恐惧死亡了吗？就是那种普通的凡人之死？你害怕自己失去那些所谓名望和财富，害怕被俘后的痛苦和折磨，害怕将要遭受的羞辱的长度和深度，害怕我们依此所塑造出的故事！”

贞德再次靠近无人机的屏幕，几乎将脸贴在上面，低声道：“我对敌人的熟悉程度超过情人互相之间的了解。残忍的对手，你要小心，不要陷入自己最深的梦魇和欲望之中。欲望如此美妙，能让你触摸到以前从未抚摸过的粉白色的乳头，这不会宽恕你的罪行却会让你深陷其中，欲火焚身，让你在享受激情和高潮的同时回报以晶莹的白色热流，它们如此彻底，甚至将抹去你的全部人性……”

据说贞德面对着屏幕非常镇静地举起一只手将它击穿。无人机摇摇摆摆地坠向地面，如同一只被射落的飞鸟。

于是双方开始交火，如同两大地质板块般相互冲击，互相碰撞。

当然，在两者交汇之后，新的大陆可能形成。

人类要么走向终结，要么在轨道上的梦境中苟延残喘，要么进化成一种新的动物，要么以其他方式获得新生。

贞德双目直视。

双手准备接触地面。

让·德·摩对此一无所知。

他不知道这名年轻的女人手里蕴藏着怎样的力量，他始终将贞德简单地视为在和他进行着某种游戏的女性和孩童，他认为在这场游戏中自己可以以智取胜。

她手中的力量并不是简简单单的杀戮与救赎，也不是单纯的创造与毁灭。

她手中的力量是这些事物之和。

贞德闭上眼睛，再次看到了未来：在世界范围内，一波波酷刑和杀戮接踵而至，慢慢地吞噬了整个地球。所谓的难民营比以前的城市甚至国家还大，有计划的饥馑和隔离致使数以百万计的人们被任其自生自灭的疯狂阴霾所笼罩，不是静待死亡就是互相杀戮。

土地、水源、含水层、空气、动物乃至食物全都饱含毒素，孩子们被征用为劳力从世界各地搜集、运输资源。由孤儿组成的军队为了一个不断缩小的强权而不停工作、杀戮和牺牲。天空中只能看到一颗星体，四处充满了彻头彻尾的无情怪诞和一种源自我们所有人的黑暗。她看到对生存的渴望正在夺去人们在这个广阔天地中的同理心，人类变得丑陋而盲目，仿佛原本的理性已被莽撞的虚无所取代。她看到鸟儿正从天空坠落，蜜蜂的尸体遍布道路之上，死去的鱼类密密麻麻地被冲到岸上，鹿、熊乃至包括人类在内的生灵遭到猎杀、屠戮或因饥饿而走向灭绝。万事万物正在吞噬着其他事物。

她看到无休止的战争将永远延续下去。

仅有一瞬间，贞德的眼中闪烁着泪光。和宇宙相比，人类在地球上的存在也只不过是一瞬间而已。“来吧，最后一战！”贞德戴上头盔低声说道。在她作出决定的这一刻，所有的生命就已经画上了句号。“每一次结束都是新的开始。”贞德未开一枪，未发一弹，只是看了一眼里昂；整理了一下肩膀和下巴，贞德将手插入泥土。再见，砂石、石油、空气分子、历史、宗教、哲学、人际关系和进化。

让·德·摩的声音从散落自地面上的无人机残骸中传出，“贞德，你这个叛教者、邪恶的妓女、耻辱的恐怖分子，今天就是你的死期。”在武力的掩护下，让·德·摩的军队早已发动了潮水般的地面攻击，天空中的无人机也像虫群和鸟群一般铺天盖地袭来。

“今天已无敌我。”贞德开口发出地狱般的笑声，额头上的蓝光如激光般闪烁，照耀了天空和周边，脑海中的歌曲如惊涛骇浪般逐渐增强，回荡在每个男人、女人和孩童的骨髓深处，她的军队随歌声起伏，如同被这末世之歌俘获。

最终，贞德将整个身体都靠近泥土，手臂和双腿完全伸展，脸部向下，为历史和进化开辟了新的突破口。

烈焰焚天，一半是来自让·德·摩的进攻，一半是来自贞德对大地和全部火山的召唤——战争和“去创造”同时进行着，看上去不可能之事发生了。

贞德还活着，这是特林鸠罗说的。她就在下面，万物俱灭，唯其永生。

我终于记起，我头颅中的那首歌便是贞德之歌。不知道为何，它进入了我们每个人的身体。

终于，她发出了声音。

而她的声音，就在我的体内。

第二卷

Second volume

第十二章

寂夜。每当如水彩般晦暗的白日让位于漆黑一片的夜晚时，贞德都觉得自己像是个外星人。现在的地球看上去与该死的月球一般荒凉，谁能相信这就是地球呢？贞德甚至不得不提醒自己并非是在月球上旅行。她口中所含的泥土已无营养，更像是一把粉笔末。透过骨骼、血肉，她一直都知道自己伏在地面上的身体更像是爬行动物而非人类。如同在茫茫荒漠中进行捕猎的蜥蜴，她尽可能地减少自己的存在感，只剩下维持生命所需的微弱脉搏。这是一项生存任务，除了她们和地球的残躯，周围已无生物，这就是她需要笃信的事实。现在的地球看上去已是末世废土：白天，太阳悄无声息地挂在空中；晚上，光芒微弱的月球像是夜幕中的瘀青。整个地球了无生机，最起码表面看上去如此。

她和里昂一起静静地等待合适的时机。

贞德翻了个身仰面朝天，看了看另一块巨石——里昂正蹲伏在那里。然后，贞德闭上眼睛，感受着自己的面额，这让她的内心觉得平静。当闭上双眼感受着皮肤、脖子、肩膀上的灼伤时，仿佛自己已经进入了另一个维度。在那个世界，她的身体化为一片未被发现之地，而非现在被焚烧过的丑陋不堪的身体；在那里，她可以重塑表皮。贞德能想象出自己的脸是怎样的状况，烈焰造成的伤痕如同细小的沟壑和山脉，在面部伸展、跳跃，或者像某个国家的山麓丘陵地带一样蜿蜒起伏。啊，国家，她以前有一个国家，每个人都有自己的祖国。

曾经有个女孩，她来自法国，在听到一首歌后成为一名为国而战的勇士，但是她的国家在战争中丧失了勇气和目标。就像所有国家一样，那里只有战士和平民，而后便只剩下互相施暴的平民和无休无止的暴力。于是，女孩作出了一个选择。

曾经有个女孩。

当无法入睡时，她经常在黑夜里这样做：闭上眼睛，虔诚地用指尖抚摸凹凸不平的面庞。失去了童年和家庭，压抑伴随了她许多年，她的脸上布满了疤痕和岁月带来的山丘沟壑。在她右眼下方的颧骨边缘，那里是她的战争岁月和逝去的青春。鼻梁上方因灼烧而卷起的皮肤几乎呈现出螺旋状。她知道，对于人类而言，爱与恨不过一线之隔；我们一直将这两者视为对立面或截然相反的两类事，但是它们却在脸的中央相遇和交汇，成为一个整体。她能感受到鼻梁上的虚构信仰。如果挤压一下那苍白色的伤疤，可以感觉到下面的头骨，可以轻而易举地将手指像钻头般插入自己的脑灰质。

在靠近下颚的嘴巴边缘，贞德能够感受到曾经深爱的人——母亲，父亲，她的兄弟。然后是那些在劳作和抵抗中认识的朋友以及军队里的兄弟姐妹。“爱”作为一个词汇，其涵义总是在不断扩大。如今，它就在贞德的嘴角，那里已抿成锯齿状的狭缝，无法表达出任何情感和表情。

贞德的面容已与此前大不相同。肌肤上带着遭受重创后留下的痕迹。她活在一个杀手的躯壳中，而这个躯壳原本可以创造生命。她认为杀戮是正当的，在这片倾注着她的希望和道义的废土中，暴行已经消失无踪。暴力就是这么简单，一旦我们有意行之，它必然会给我们招致杀身之祸。在她的指尖下，被烧伤的下巴如同一个充满了负罪感的无孔山丘，固执地提醒着她曾投身火焰之中。那烈焰焚烧万物，令日月无光。

她将手指小心翼翼地抚摸着自己的左脸，火焰在那里留下了最深的烧痕，使得眼睛变形——眼皮过度耷松。这里，代表着里昂。

里昂，你就是我的眼睛。

你永远都是我的眼睛。

远处发出一丝咔哒声，那是里昂发出的信号。贞德睁开眼睛，扫视了一下眼前的状况，向里昂点头回应。

贞德伏身地面，依靠肘部慢慢地移动着，每次前进不超过一英尺，在低矮的蒺藜和仅剩枝条的灌木丛中穿行。泥土摩擦着她的衣服，因干竭而死的生物发出难闻的气味。贞德停下身抓起一把泥土，看着里面一节近乎僵硬的树枝会心一笑。好吧，看看有什么进入了自己步枪的射程，枪上的红外瞄准器对准了正前方的一条小径。她以一个足有两个人大的巨石为掩护，将自己蜷缩成蹲姿。此时，距离第一缕阳光的到来大概还有三个小时，她将步枪支在大腿上，背靠着岩石转身坐下。

贞德悄悄地深吸一口气，屏住呼吸，紧闭双眼。当再次睁开眼睛时，步枪的中线将她眼前的视野一分为二。

贞德比任何人都了解马盖普公司生产的马萨达步枪——气动活塞操作系统，可快速拆卸枪膛，撞针保险以及精巧的枪栓——这就是贞德选择这款枪的理由。她明白，任何谈话技巧和往昔岁月中可行的人情在现在毫无意义，手中用来无情杀戮的武器才是她最可信赖的朋友。

在巨石的另一边，一百码开外的远处有一个经过精心伪装的哨所，由两个看上去像是“天穹”卫兵的人看管。哨所与巨石之间布满了岩石、枯萎的灌木丛以及泥土，那里原先是一小片枞树林。卫兵的皮肤过分苍白，上面布满了痕刻与褶皱。里昂在一次常规雷达扫描中偶然发现了这个地点，其高悬在27号隧道的一个垃圾场中。贞德能够辨别出俄制机枪瞄准器的隆起，旁边则是一排炸弹的弹头，通过它们幽蓝色的外壳，可以推测出可能是美国货，也有可能是法国生产的。没办法判断这个小据点究竟是仅用来储存弹药还是另有其他秘密用途。也许她们可以突入哨所杀死卫兵，然后将其炸上天，而且应该有机会找到可用物资。贞德拉下夜视镜，深吸一口气，屏住呼吸，二头肌微微抽动。尘土与仁慈，对贞德来说，夜间狙击总是能够使自己的神经平复下来。

再次伏下身子，贞德透过她的瞄准镜悄悄地窥视；在黯淡的夜光下，卫兵们的皮肤如同蜡石般闪闪发光。有一个卫兵的站姿非常可笑，并且在原本睾丸所在的位置上抓挠着，脑袋在柔和的月光中不断闪烁。另一个卫兵端坐在某种简易户外控制箱上，上面的伪装衣早已褪下，仿佛已经很久没有参加任何行动了。贞德将瞄准仪上红外激光对准了正在站着的那个卫兵的耳朵。

这时贞德发现，这地方并不仅仅是一个弹药站，还是一个拘留所。稍微偏左一点的位置上似乎有一堆废弃物，两双暮气沉沉的眼睛隐藏其中。

有两只动物被关在笼中。

错了，被关在那个简陋木笼中的是两个孩子，姑且先叫他们孩子吧。他们看上去非常野蛮，头发蓬乱，皮肤肮脏，羸弱得几乎能看到骨头，眼睛里透出美洲豹般的野性。他们究竟是从哪儿冒出来的？

贞德闭上眼睛，两个想法在脑海中一闪而过。首先，她要再次提醒自己承认一个事实：这里确实存在人类的踪迹。毕竟，她们不是仅有的幸存者，她和里昂已经发现了一两个孩子。其次，她质问自己拯救这几个濒临死亡的孩子还有什么意义。这就是现在的她会提出的问题，充满了绝望和无情。无论地球上还存在何种生命，也无论这些生命如何奋力挣扎以求延续他们蠕虫般毫无价值的生存状态，她都没有兴趣参与其中。

贞德睁开眼睛，步枪的准星还停留在站立着的卫兵的耳朵上。她悄悄地抬起头，向里昂发出信号，向她指示狙击对象。多年来她们一直默契地配合着，贞德负责确定目标，而里昂则负责执行狙击。

里昂总是那个扣动扳机的人。

一名卫兵的脑袋像捏碎的葡萄一样炸裂，无头的躯体摇摆几下，然后重重地摔倒在地面上，激起一片尘土。

第二名卫兵仓皇爬行到桌子底下，四处乱窜寻找自己的步枪，贞德单膝跪地，将准星对准了他。里昂也是一样，瞄准目标后扣动了扳机。这名卫兵的胸口中弹，飞溅出的血液和肋骨碎片铺满了桌面。

夜晚再次恢复了寂静。如果树木尚存，微风一定能够吹拂得枝条摇曳作响。贞德站起身，将自己的野蛮伙伴扛在肩头，走向被她们杀死的这一对卫兵。每走一步，贞德的内心都在激烈挣扎，她不知道该如何对待她们将要在笼中发现的那些东西。

黑夜中，鲜血看上去是蓝黑色的。

第十三章

步入弹药站，贞德凝视了一会儿死去的卫兵，又探头望了望无神的夜空，最后踱步到木笼旁边。是女孩！她们不发一声，这使得贞德能继续保持心态平和。尽管月亮只能在天空渲染出一个斑点，星辰的光辉也已退化成一片盐粒和胡椒粉，她依然非常熟悉这片夜空。黑暗无法显出人影，而往昔也不能留住自己的辉煌。

至于怎样处理女孩，贞德无须费心劳神，她们只有两个人，而且其中的一个看上去时日无多，毕竟，从一个人的眼里是可以看出生命的流逝速度的。气氛变得凝滞，仿佛什么东西被夺去了，贞德的心情纠结而阴郁。

里昂走近一点，猛地低下头，惊讶地张开嘴。

“混蛋。”

里昂俯下身子，像母亲般温柔地拔掉笼子的门闩，将最有生气的那个孩子拢进自己的臂弯。“能说话吗？”她温柔地对这个孩子说。

“感觉不到……里面。”小东西粗声粗气地说。

里昂把她抱得更紧了，贞德甚至有些担心她会折断小家伙的胳膊。

“里昂。”贞德温柔地安抚着她的肩膀。

她们接着查看另一个俘虏，却发现她已经停止了呼吸，嘴巴张成“O”型，眼睛也失去了光泽。

贞德看了看幸存女孩的眼睛，发现她的眼眸如一摊灰蒙蒙的茫茫水潭。他们伤害过你吗？不给你东西吃吗？这些人难道不知道人和动物的区别吗？或者，两者之间也不存在区别了吗？小女孩发出了与年龄不太相符的叹息声，狠狠地盯住贞德的眼睛，然后停止了呼吸。

她们将女孩们直接埋进泥土之中，因为手头实在找不到什么包裹材料。贞德脑海里的东西和其他人大致相同：记忆，想法，随机的知识点，欲望，伤害，还有突触的放电反应。但也不仅限于此。有时候，贞德希望自己没有承载太多。这些女孩多大？当听到那首改变自己余生的歌曲时，贞德还是个孩子，那是她第一次感到如此害怕，程度之深以至于在此后面临死亡时也没这般恐惧。这些女孩害怕吗？是对死亡还是什么其他东西？

当她和里昂认识时，两个人还都是小女孩。里昂留着长长的及腰黑发，她的力气与任何胆敢和她掰手腕的男孩一样大，或者更大。在并肩战斗时，她们辗转于不同国家，因此曾一起在不同山脉里的清澈水塘中裸泳。在篝火旁，她们避开战友，悄悄地依偎在对方的身体旁。通过召唤各种元素将敌人吞噬，贞德证明了自己拥有主宰战场的能力，由此以惊人的速度获得拔擢。而里昂，她永远不会离开贞德左右，她的眼眸如太空中的地球般蓝绿相间，即便面临最危险的境况，里昂依然能够保持微笑。里昂过早地成为一名战士，甚至还没等到乳房发育。

贞德很希望能够还给里昂一个童年，不管什么样的童年都可以：养一群猫狗；在蓝色泳池中畅游；借着火光打造数不清的堡垒，每个地方都有；又或者在黑暗中和狼群或其他类似生物翩翩起舞……

遗憾的是，没有一种力量能实现这些。

不断蔓延的战争彻底摧毁了她们的童年，演变成一个残虐而强力的庞然大物，人民流离失所，而“天穹”却如上帝般离开地面升入天际，以显示与众生的区别。

人类在此时的杀戮大于历史上所有战争之和。

贞德侧目看了一会儿站在女孩坟墓旁的里昂，确定她并没有哭泣，相反，她的脸看上去如同一块石雕：悲伤是主题，愤怒为映衬。

贞德走近第二个被射杀的守卫，用靴子轻推了一下他的尸体。他的胸口翻着一堆令人毛骨悚然的血花，脸皮松弛，毫无疑问已经没有呼吸。而第一个守卫的脑袋几乎不见了，她能闻到血液与用过的子弹相接触后所发出的金属气味。

“你觉得周围会有天索吗？”里昂问道，语气坚定得像是一块磁铁。

天索，一种无形绳索，它们的数量成千上万，将“天穹”所在的地球同步轨道、城市平台以及“天穹”站网与地球表面联通在一起。

“快来看看这个怪物，”贞德背对着里昂说，用手指着这个已被打死的面目全非的守卫，“他戴着耳塞。你还记得耳机吗？不知道他在这么个鸟不拉屎的偏远荒漠中能听到些什么。”贞德俯下身子，从守卫残留的头颅里拉扯出余温尚存的耳塞，其中一端已被血污染黑。然后，贞德又弯腰从他夹克正面的口袋中找到一个手掌大小的黑色玩意儿，将耳机插头插入。通过耳塞，她听到了一些微弱的声音，便用眼睛朝里昂示意。

“这是些什么？他们看上去像俄罗斯人，所以这些不会是俄罗斯的流行音乐吧？围攻的时候他们曾播放过这些东西，该死的俄国人！”里昂诅咒道，“我讨厌那些古老的俄国流行乐，它们听上去就像喝醉酒的激进分子含了块石头在嘴里。”她啐了口唾沫在地上。

里昂看上去很严肃，事实上，两个人的表情都很坚毅。

说的一点没错，一旁摆弄设备的贞德在心里默默赞同。不过他们的武器和军事技术就另当别论了，大部分俄制装备在战场上的表现确实值得尊重。

音频继续播放，通过上一秒还戴在敌人耳朵中的耳机，一首歌曲传了出来。喉咙感到一些压抑，眼睛发出刺痛，贞德咬住自己的腮帮子，努力克制住自己的感情。

耳机中传出的是一首童谣。

一首法国童谣。

一首铭刻在她心中的童谣！

深夜光线幽暗，

教堂钟塔昏黄。

月亮挂在塔尖，

恰如上一点“i”。

冷月让人忧郁，

针孔踱入寒光。

针尾冰色青幽，

掩映你的脸庞。

月亮是个圆球，

还是蜘蛛胖胖？

蜘蛛大腹便便，

没有双手和脚？

毛虫来把你咬，

把身缩短躲藏。

如果你被拉长，

变成月牙模样。

“贞德？”里昂轻轻地碰了一下她的肩膀。

贞德擦拭着自己的眼睛，这似乎是她第一千次抹去自己的泪水。父亲、母亲与孩子，丈夫、妻子及恋人，兄弟、姐妹和亲朋，所有人际关系都被抹掉了。贞德望望里昂，将沾着血渍的耳塞从耳朵里取出。孤独的人类意味着什么？无非是无边荒野中的一具行尸走肉。

贞德和里昂经常会在开阔地带遇到一些濒临死亡的野孩子。通常，他们会立即死去，或者会在历经挣扎后失去生命。有一次，为了拯救一条生命，她们整年都在照料他；然而，某天这个男孩径直走向了悬崖，贞德甚至来不及阻止。那天的事情时至今日还在困扰着贞德——男孩在跳下去之前回头望了她一眼，仿佛在对着她微笑，又或者是在毅然地闭紧嘴巴表明决心。然后，他坠落下去。或许，还有比求生更有意义的期望？

他们遇到的最后一个无依无靠的孩子有些与众不同。那是个男孩，营养不良，疲惫不堪，皮肤灰蓝，眼窝深陷。在两人的照料下，他的身体状况一月比一月地好转，力气、肌肉和心跳都逐渐恢复。最后，他终于有力气说起他在“那一边”所看到的部落。贞德和里昂还以为他已经神志不清，或者在旅途的某个时间丧失了心智。她们对他点头微笑，向他传授着琐碎的生存技巧，教他如何打猎，如何分辨食物，怎样发电和照明以及如何过滤水源和种植作物。

男孩记不起自己的名字，或者根本不愿去想。所以她们叫他“米尔”，以纪念他从远方跋涉而来。一天晚上，里昂趁夜色外出捕蛇，贞德和米尔则围坐在篝火旁。贞德痴痴盯着火堆，而米尔在满是泥土的地面上用木棍画画。

“你不信我说过的话，是吧？关于部落的那些。”米尔将木棍插进地面。

这打断了贞德面对火焰所作的冥想，她望望米尔，火焰的光芒在他脸上舞动，这令他看上去很生气。“不是我不相信你，只是我从来没有亲眼看到它。”贞德避开米尔的目光，“孩子……‘天穹’通常会抓捕或杀死那些单独或组成小群体流浪的孩子，他们不会允许由成年人组成的部落存在。”

米尔看了一会儿贞德，笑了。这真的是一个微笑，但表达的不是喜悦。从前，微笑的确可以用来表达喜悦。他接下来所说的话严肃而神圣：“请让我回到那个地方，告诉他们你还活着，否则我会像那个男孩一样从悬崖上跳下去！”

贞德猛地站起身，低头注视着这个孩子。但是米尔没有退缩，他用胳膊抱住膝盖，抬起头，坚定地看着贞德，“我说到做到。”

“你不是我们的俘虏。”

“正因为你在乎我，所以才会把我‘囚禁’在这里。”米尔转过头继续盯着那堆篝火。

在接下来的数周，贞德和里昂昼夜不停地看管着米尔。贞德希望能够帮助米尔从这段错觉中走出，心里期盼着他也许能够回复自己的心智，并且……活下来，无论那意味着什么。然而日复一日，米尔变得更加孤僻。有时，他会抱着一堆引火柴呆呆地站着，盯着贞德出神；有时又会从某个山洞的水池中浮出，一丝不挂，闪烁着晶莹水滴的身体上还存有一点少年时代的痕迹。

在这段时间，贞德和里昂也在一直争吵。

“看在上帝的分儿上，你不要再束缚他了。这孩子又不是个宠物，他不属于我们。如果米尔希望离开去寻找什么荒诞无稽的部落，那你就让他去好了。”说这话的时候，里昂正把匕首在裤腿上来回擦拭。

“他会没命的。”

“他到我们这儿的时候不是也没死嘛？如果他丢了性命，那我们就当从没遇见过他好了。每个……”里昂在空中比画了一下自己的匕首，“每个来到这里的人都会死，我们也不例外，就是不知道什么时候而已。”里昂将嘴唇轻轻地吻上手中的匕首。

当晚，米尔在篝火旁再一次开口说话了。“外面还有等你的人，你知道的。外面还有其他的男孩、女孩、男人、女人，还有需要你帮助的人。”这一次，米尔站了起来。

“我对别人没有丝毫用处，”贞德说，话语中充满了失落，“你不会明白的。”

“我先给你讲个故事，你会喜欢的，是关于一个女孩化身为歌的故事。”

歌曲？这吸引了贞德的注意力。

“从前有一个女孩，她是位年轻的勇士……”米尔开始了讲述。在故事讲完的时候，他看到了贞德的泪光。

最终，贞德张开手掌，让里昂切下她的小手指并割下一缕头发，将头发缠绕在伤口处，然后在用大麻制成的纸张上写了一封信——这些年，她已学会了如何用麻类植物造纸。她还是不相信这个男孩，但已同意让他离开了。望着他稚嫩的肩膀，贞德看到了他成为男人时的样子，希望他能有段属于自己的历史，能够成为自己故事的主人公。

贞德蹲下身抚摸着一排PG-29型火箭弹，将其中的一个抱在手中。

里昂看着火箭弹说道：“克里丝，我们之前是不是在奥尔良用过这玩意儿？”

贞德并没有回答，她早已陷入沉思，内心充满了愧疚。

当他们呼喊你的名字时，你以为自己是什么人？

你认为自己是他们所说的那个人吗？从你身体中发出的声响逐

渐增强，最终化为躁动、仪式和吟唱。杀死的成百上千名男人、女人和孩子，他们面目狰狞，身体向前倒下，死得惨烈而迅速。就在战役爆发之前的那个晚上，母亲还会在晚上亲吻孩子跟他说晚安，男孩还在梦见说话的动物，他的妹妹正在床的另一旁靠着他香甜地入睡，用可爱的小鼻子畅快地呼吸着，而父亲正在轻轻地掩上房门——所有人看上去都是历史故事的一部分，与那些将导致杀戮的故事无关。

你的白色旗帜赋予你谋杀这个美丽故事的权力吗？十六岁的你胸部尚未发育，肩膀和二头肌却发达得像个男孩，声线高亢而不低沉，嗓子还是个小姑娘的声音。颧骨在蓝色光芒的掩映下闪闪发亮，像是有些外星昆虫附在皮肤之上。那些人奋不顾身地追随你投身战场，他们重拾信心将希望寄托在你身上，他们微笑地注视着你，放弃了抵抗，而你却亲手将他们送入绝境，把他们逼疯，让他们流血——在他们失去生命的前一刻，你确有勇气战胜自己的内心吗？又或者你根本就没有心脏？在把他们送入地狱时，你的心又是否会在滴血？

你心中萦绕的那首歌，是否赐予你杀害他们的权力？

贞德的视线模糊了。有时她眼前会产生幻觉，以为一些东西就在那里，但实际上没有。她的大脑一片空白，感觉不到自己的四肢。她向上看看，当再次回看自己的身体时却发现自己在一间悬浮的房间中，周围都是蓝灰色的墙壁和地板，而窗户外面如宇宙般漆黑一团。她从来没有住过这个房间，它完全是想象出来的，这太可怕了。

“贞德？”

是谁在这个房间中呼唤她的名字？可现实中并不存在这个房间啊。贞德回过神来，发现原来是里昂的声音，而自己的双脚好好地站在地面上，周围只能嗅到步枪和新鲜尸体散发出的味道。

“是的，一样的玩意儿，我们曾经用过。”贞德的声调有些高。

看着里昂用手抚摸着一枚PG-29火箭弹，贞德的视线停留在里昂手腕处一颗小骨头上。

确实有点讽刺。几年前在奥尔良，那时她正处于自己指挥生涯的巅峰，在那场历时九天的战斗中，她使用的就是这款弹药。那些已成为历史的战争在任何地方都会留下纪念品。

原来那些“天穹”的畜生们还在使用地球时代的旧式武器。贞德将这个火箭弹拿在手中仔细端详，然后将幽蓝色的金属圆柱直立起来。她能在上面闻到泥土、死亡和合金的味道。贞德摸了摸由弹头和火箭助推器串接起来的弹体以及尾部的折叠稳定鳍，在上面吐了口唾沫。

该死的家伙。

只有地球上的人才需要这些战争武器，“天穹”成员是不会用这些东西的。是否这意味着地球上还有大量幸存人口呢？如果有的话，他们的数量有多少，位置又在哪儿呢？他们是随机的个人还是无组织的民兵呢？又或者只是几个无依无靠的孩子？

风在山谷穿行，远处的山麓向着一片低海拔山脉延伸，那些岩石上曾覆盖着植被，而她已不记得这个地方的名字。

贞德再次凝视着脚底下的尸体，然后将录音机和耳塞揣进兜里，又一次抬起头望着夜空。附近可能有一个天索。哪里有弹药站，哪儿的附近就会有天索。借助黑暗和夜空的掩护，天索可能看上去没有那么明显，但贞德知道它就在某处：这种拥有隐形技术的缆绳悬垂在地球与“天穹”之间，像脐带一样将两者联系起来；借助它，地球上曾经的精英阶层得以远离这颗垂死的星球，在太空中潇洒度日。

贞德走到伪装遮篷下的野战桌旁四处翻箱倒柜。桌面上散落着一些塑料地形图，她将手掌撑在其中一张纸上，俯身仔细端详。

“这是什么？”

里昂凑上前站在贞德身旁，将步枪瞄准镜上的红外线照射到地图之上。“这看上去像……呃，这些奇怪的标记到底代表了什么？”里昂顺着呼吸笑笑，“看上去像是闪电。这些傻瓜不会只是坐在这里无聊地涂鸦吧？”

寂静的夜里没有答案。

贞德瞅了眼面前漆黑一片的荒漠，然后又看看四周的山麓和山脉。这张地形图已没有什么意义，这里全都是荒漠、山脉和水体。

地图有时候起不到什么作用，因为生命都是躲藏在地下的。

她和里昂一起在地球上流浪，不知道进行了多少次“打捞”活动。她们将找到的坦克和军车排成一排掩藏起来，看起来就像脊柱上的那串椎骨。她们也搜集食物、弹药和各种生活必需品——起初，为了维持可能遇到的战友、幸存者、前叛乱分子、平民甚至是敌人的用度，她们储备了大量物资。然而在长途跋涉和一次又一次的行动中她们发现了一个简单的事实：她们所能够不时遇到的人要么是单独出现的野孩子，要么就是为了守卫高高耸立的资源库而沿途驻扎的零散敌军。

她们一直都在想：其他人都哪里去了？难道所有的军队和平民真的被地质大灾害的冲击波给分解成原子了吗？又或者他们像贞德和里昂这样永远过起了隐秘的生活？

燃料越来越少，最终将要耗尽，而进行补充也几乎是不可能的，这使得她们无法维持原来的行进路线。

终于，她们不再认为会有大量幸存者存在。人类作为一个种群似乎已经宣告终结，如同地球在侵蚀的作用下分崩离析，最终坍塌和分解成泥土、石块与干燥的河床；或者变成分子，融入盐分，重新回归过去的那片能够令人畅快呼吸的蓝色海洋。

贞德摇摇头，继续研究手中的地图。

找到并摧毁天索。

搜刮需要的军火。

炸掉剩下的东西。

然后撤退。

贞德仰起头，她知道，如果有补给从这附近的天索传输下来，就必须将其摧毁。不过，如果有什么其他东西下来，比如说敌方突袭，那么两人肯定还没做好准备。

她开始尽可能地搜集弹药，而里昂也与她密切配合。正当她们忙碌时，那首童谣再次回荡在贞德的耳中："月亮是个圆球……"

突然，天空传出一道爆裂声，在她们身边卷起阵阵气旋。贞德马上捂住耳朵趴到了地面上，速度快过动物。里昂则拱进桌子底下，将头埋入两腿之间。天空霎时被红色、绿色和蓝色的光线照亮，显得比极光宏伟，而两人脚下的地面也随之震颤。

里昂迅速做好战斗准备，朝周边发出了几个均匀的点射，然而她的枪火并没有获得回应，最终消失在了夜空。

"妈的。"贞德朝着那片响动和光线大声咒骂着。震耳欲聋的爆裂声再度响起，她们身边的气流再次被搅乱。这次的响声比第一次更大，震击使得贞德的脑袋咚咚作响，让她觉得恶心。她感到耳朵附近有一股热流，而四周的声光交织在一起，乱作一团。

因为声音带来的疼痛，使贞德蹒跚着仿佛喝醉了酒，她看到里昂尽可能地收集起桌上的地图，将它们塞进自己的背包和腰带里。

"我们还是不要等客人了。"里昂一边大喊一边向着她们此前藏身的巨石冲了过去。

尾随其后的贞德将PG-29抓在手中。一根天索正在她们的眼前展开，如果不能找到它并将其摧毁，那么她和里昂都会没命。贞德将火箭弹从火箭筒的前端插入并使之固定。她的脑子里现在一团糟糕，她甚至还能嗅到自己鲜血的味道。时间紧迫，她举起火箭发射器，利用上面的背带把它扛在肩上，握住扳机，从夜视镜中进行观察。瞄具中的蓝绿色十字叉呈现在她的眼前，但映入眼帘的仿佛只有一片可恶的极光。她闭上眼睛，静下心来集中着自己的注意力。

找到它，找到声音的发射源。

贞德额头上的蓝光如有灵性般快速闪烁，一阵声调很低的微弱嗡嗡声在她的头颅中穿行。

她转过身面朝天空，睁开眼睛调整着瞄具视野的运动轨迹，以使其有助于自己注意力的集中。随后，贞德再次闭上自己的眼睛，哼出一声长长的稳定音符直至其能够与自己头颅中的曲调相契合。她一直哼着这个音符直到感觉自己成为事物的一部分。最后，她将武器轻轻放在地上，她刚才只是在用它和瞄准器帮助自己集中注意力。

贞德肩膀随着炮管猛地后坐，仿佛是在退却，但双脚还牢牢抓住地面。她用尽所有力气对着空荡荡的夜空开火，一条隐身的天索迸发出一条连接天地的耀眼白色火线，在剧烈爆炸的一瞬间投射下的碎片在黑暗中画出一条锯齿状的泪痕，她们周围的空气被声浪所笼罩，难以想象波及范围有多广。

命中目标。

贞德看着夜空上的黑色瘀伤，白色和蓝色的光痕顺着爆炸的线条四散，拉出长长的扭曲轨迹，仿佛混沌的歌剧照亮了夜晚。她可以嗅到因电流短路而剧烈燃烧所发出的气味，但耳朵暂时听不见了。

“去你的！”贞德朝着天空和正在上演的歌剧大声咒骂着。“笨蛋，你们又少了一条出入口。”

随着声光大戏开始谢幕，贞德的呼吸也愈加急促。她打量着弹药站，里面只剩死尸、火炮、火箭筒和埋葬那些死去女孩的坟包。当然，至少里昂还陪伴在她身边。

里昂走近贞德，将她耳边的血迹拭去，然后吮吸了一下自己的手指。“嗯，你尝起来还活着。”里昂说道。然而贞德几乎听不见里昂说了些什么。

贞德惨笑一声，烟尘散去，声光不再环绕在她们身边，到最后她只能听到里昂的呼吸声。是时候返回藏身的山洞了。

里昂随身携带了另一副火箭发射器以及火箭弹，贞德紧跟其后，她将自己的火箭筒扛在肩上，一言不发，而里昂也保持着沉默。她们并肩前行，地面的泥土牵绊着她们的脚。贞德悄悄地看着里昂的下巴，不知道为什么，里昂咬牙时下巴所呈现出的刚毅线条能够让她觉得安心。

第十四章

“你搞明白那是什么东西了吗？”

里昂的声音似乎像页岩般有着尖锐的棱角，这让贞德喉咙有些发痛。这是从什么时候开始的呢？两个人曾在15岁的时候在越南的山川徒步远行。那时，她们光着脑袋在暴雨中开心地哼着童谣，一半是法语，一半是越南语。可现在的她们又是怎样的呢？因为返回山洞途中的长途跋涉，腿上的每一块肌肉都紧紧绷起，身后的哨所中是两具敌人的尸骸。现在的里昂肩膀平阔，走路时的脚步如阿喀琉斯般沉重。她的头上有着刺青，眼睛的形状介于她的法国父亲和越南母亲之间，下巴则异常的平坦。

贞德又将手伸到自己的面前端详——这是一双满是疤痕和伤痛的手，而太阳穴附近闪烁的蓝光则已成为她意识与身体的一部分。然而，这样的身体还算是女性的身体吗?

里昂是对的：能量，尤其是破坏性能量，过去从未从天索中传导下来。从前，天索是可见的，经由这种复杂的系链，包括食物、水、武器、石油、煤炭以及燃气在内的各种事物可以在地表与“天穹”平台之间进行传输。那时，天索很容易遭到攻击，这也是切断供应的有效方式。随着战争的升级以及无人机取代了“天穹”的大部分战斗力量，天索的改进型出现了。到现在，所有的天索都无法用肉眼察觉，唯一能够摧毁它们的办法便是静候那阵能让人头疼欲裂的轰鸣声的出现。那时，电离层的颜色会不断变幻，如果趁机采取行动，一定要身手敏捷，否则就会被炸成碎片。

贞德抬头看看天际，刚才的事情更像是一场投弹轰炸，似乎“天穹”发起的攻击早已设定好目标。如果这种猜想属实，那么情势已有所改变，一些不好的事情正在发生。

用不了多久黎明就会来临，灰蒙蒙的黑夜会进入白天，呈现出淡淡的橙色，慢慢地将天际凝成紫线，如同一团倒转的火焰。“不管这玩意儿是什么，它都不‘友善’。”贞德不断扫视着地面和四周——要赶在黎明结束之前返回驻地是不可能了。

“顺着天索下来的没有什么好东西。”里昂回应说，将火箭发射器换到另一个肩膀。

在战争还是人类最大噩梦的时候，作为童军的贞德和里昂曾与半个守备部队的战友一道在这个防区徒步巡防。那时，地球还没有因它的腹地被撕裂而尖叫呻吟。

贞德依然记得那次前往越南山水洞的丛林之旅是多么的令人惊讶。旅途起始于一家古柯工厂的主体建筑，她们向着东北方向坚定前行，在山丘上寻路攀登，直至一片原始森林在你的眼前展开，里面有各种形态的藤蔓根系和锋利岩石，她们只能在茂密的绿色缠绕中艰难地开辟仅供穿行的通路。

她还对那片绿色印象深刻，那颜色深得似乎能嗅到，而自己的皮肤也能够感受到树木水分的滋润。

贞德低着头继续向前方跋涉，脚步激起一阵阵粉尘，令她开始咳嗽。地面龟裂，如同行走在月球表面，满是白垩质土壤和灰色粉尘。地面依旧高低起伏，但是曾经的雨林、藤蔓根系、古老的植物、岩石已经都消失不再，几乎没有任何东西留在这个世界。

贞德揉了揉自己额头上蓝光所在的位置。11岁的时候，她的母亲带她求访了好几位神经科专家，每个医生都建议进行手术，以清除任何引发这种蓝光的事物。至于起源是肿瘤还是弹片或是其他什么东西，以及这些物体现在所处的状态和如何进入体内的，则没有人能够解释清楚。贞德并没有将自己接触树木时所发生的奇观告诉任何人。至于歌曲与那股由脑后进入从手臂导出的雷霆般能量，那种不是痛苦却超越痛苦，与周边森林紧紧交融在一起的入定，以及那首描述地球灭亡与重生和人类回归物质的歌曲是如何充溢脑海的，她也仅仅叙述了部分细节。

一位医生建议她们向精神科专家寻求帮助，并推荐了一个专门从事儿童创伤与妄想状态治疗的瑞典诊所——也许，这一切都是这个女孩自作自受；又或者是其他人做的，比如某些精神变态的成年人对这个小女孩进行了洗脑并将某些物质注射进了她的头颅。

藏身的山洞越来越近，贞德可以嗅到那股潮湿的味道。生命需要水分，现在只有地下才能满足这种生存条件。贞德耳眼之间的蓝光闪烁得愈加频繁，当光线活跃时，她能看到身体边缘呈现出一抹天空般的湛蓝，还能听到一种低沉的嗡嗡声。

像往常一样，抵达洞口时，贞德举手示意让自己先进去。洞口是地面上的一个豁口，下探的井颈有65米深，里面布满了成百上千枚随时准备射往不明来访者的毒镖。贞德小心翼翼地将脚放入竖井，先踏入第一个凹处，然后将手紧贴岩壁，用拇指四处摸索，直到找到一个小孔，将机关解除，然后望向里昂，稍作停歇。

“你也太复古了，身上的衣服还是走黑皮革和金属路线，都这么多年了还是个坏小子。”里昂戏谑地说。

贞德已经很久没考虑服饰穿着了。金属与潜水料拼凑起的衣服上艰难地缀补着破破烂烂的作战废料以及一层层此前战争中留存下来的机织或复合纤维。

“没有不速之客到访。”贞德朝上面的里昂笑笑，耳边被喷上的血迹——也许是自己的，也许来自某个被杀死的敌人，又或者是两者的混合——让她的皮肤感到瘙痒。

“我跟你说，从上面下来的都不是什么好东西。”里昂接话，像一只体贴人情的动物一样跟随着贞德从洞口爬下。

贞德瞥了一眼里昂的身体——她们两人已经与土地和其上存留

的事物没有太多不同，而且已经习惯于地下生活，有时贞德会想，她们是否已经进化成为一个全新的物种，就像她们在环绕地球的旅程中所遇到的几千个物种那样。但是里昂上翘的臀部、单薄的腰肢、胸部、肱二头肌、肩部以及像海星般纤长的手指依然展现出一种贞德拒绝承认的女性柔美。

竖井走到一半，泥水和地衣便已覆满岩壁。借助开凿的立足点和拇指孔，贞德为两人开辟出了一条通途。快到底部的时候，贞德啪的一声跳到地面，里昂也紧随其后。空气立刻呈现出周边环境的特点：清凉的微风与口袋中膨胀而湿热的空气交换，原本如灰土、岩石和狗屎般辛辣的气味被泥炭味取代。

前面便是通往“家”的路：一条5.6公里长的通道，连通着100米×240米的内部空间。贞德理了理自己粗糙的黑发，手指在梳到发尾时卡住了，被浓密的“森林”缠绕得动弹不得。哎呀，得做点什么才行。但又何必多此一举呢？毕竟，就连“头发”这个单词她都好多年没说过了。

山洞如同怪兽的嘴巴、喉咙和食道，一直通往地球的脉动和节律，只有贞德一个人知道最完美的回家路径。洞穴的地面逐渐下倾，到处覆盖着巨大岩石层，上面的石头以奇怪的顺序堆积着。贞德将手放在一个几乎连接到地面的钟乳石上，指缝间渗出一股泥水，这种让人反胃的黏液沿着手掌滑落。洞穴顶部有水滴下，造就了几百个钟乳石，石尖平滑地指向地面。

里昂的声音在山洞四周回荡："哈哈，狗屎和黏胶混合成的香水！"

这是生活的惩罚，贞德的大腿开始酸痛。

她们走向入口右边的一个洼坑，那里是这个距离地表200米的原始溶洞的最低点。贞德最早发现了这个坑，洞穴岩壁上多余的液体都汇流于此。她将这个坑改造成为一个过滤池来处理地表径流水并对地下含水层进行补给，从中得到的清洁水源被用来种植植物和菌类，形成了一个迷你的生态和气候系统。

里昂站在远侧，与贞德一道大口地吞下清水。

"我待的时间不能太长，"里昂的喊声从洞的另一侧传来，"没有时间处理剩下的那堆废料了，我得趁着天黑去B-40开那辆悍马。不管那些小丑是谁，终究上面的那些人会发现这些卫兵已经死了，他们的那条天索也被摧毁了……"她的声音顺着她的脚步传入洞穴深处。

她们建立了隐藏武器、弹药甚至车辆的据点，一些如悍马、坦克以及摩托车之类的地面运动车辆也包含其中，但是燃料几乎没有，要生产生物燃料也得花上几年。因此，即便车辆越存越多，但也没有什么意义。

一次，她们发现了一座飞机墓地，里面被遗弃的飞行器如同巨大的鲸鱼尸体，机尾上"联邦快递"的标记在慢慢锈蚀。她们在旅行中发现了5架隐形战斗机，17架黑鹰直升机和4架喷气机——分别属于美国、俄罗斯、法国和沙特。她们甚至在博物馆的瓦砾下还找到一辆二战时期的日本喷气式战斗机。神风队队员的故事依然令贞德着迷，他们毕竟展现出了一种西方国家无法理解的缺乏自主意识的自我牺牲精神。她们将飞机和喷气机中的燃油取下，隐藏在日本三大钟乳洞之一的龙泉洞附近，那里洞穴和隧道的长度超过5000米，洞顶布满了长耳蝠，淡水汇聚成120米深的地下湖泊，池水清澈翠绿，穿越其中如同在宝石中游泳。

而剩下的机械没有任何意义，动弹不得，毫无用处。

她们现在的小洞穴，除了进来时的通道，内部还有5公里的延伸，其中各种地下生命欣欣向荣，超乎想象。地球时代的地理划分与国家边界在这里已毫无意义。这里的生物多样性如此丰富和隐秘，几乎自成体系，里面有石林、河流、湖泊以及数不清的新旧植物与动物，甚至有些物种贞德还在研究之中。这里生长着藻类的地方同山麓一样广阔，石笋与此前古老的红木一般高大。这个一片青翠的地下世界丝毫没有受到地面世界没落的影响，有时贞德甚至觉得它的水里会诞生某种新型哺乳动物——它们身上晶莹的水滴正在点点坠落，一个全新的物种将踏足陆地。

她们在这里生活着。不，应该说这里本来就有自己的生活，她们仅仅是这种生活的共生体。

贞德在水边慢慢蹲下，把手放进水中感受着这片凉爽和湿润。这时，伴以低沉的引擎轰鸣，一阵暖风刮来，让她拥绕其中。声音越来越大，震动着她的胸腔，但这并不是某种正在开进来的机器所发出的噪声。

“Diablotin”在法语中的意思是“小恶魔”，因为鸣叫声酷似受刑之人所发出的哀号；它们的英文名为“油鸱”。

一阵完美的嘶鸣声充满了整个空间，它们拍打翅膀所卷起的气流如同疾风刮过。随后，它们巨大的身形逐渐缩小成一道细线，消失在洞穴壁架和裂缝中，那里有它们的巢穴。

贞德很欣赏这种鸟类，它们与其他禽类不同，拥有独特的天赋。油鸱是唯一使用回声定位来导航的夜行鸟，它们会像蝙蝠一样栖身山洞深处。事实上，你无法在白天驱使一只油鸱离开山洞，它们过着自己的生活，选择了属于自己的世界秩序。虽然这只是一种进化过程，但对于贞德来说，这更像是一种存在于完美想象中的行为，这也让她想起来自己的童军生涯。这种像鹰一般的掠食者仅以水果为食，还会用粪便筑起巢穴，这让贞德觉得自己与油鸱何其相似。

在暴行肆虐于地球之前，人类将这种动物视为资源而进行猎杀，但油鸱依然能够躲过灭绝而得以繁衍。贞德知道，以前这个山洞的岩壁曾布满了长长的竹竿，每根竿子的一侧都带有一根火把，另一边则绑着一副锋利的铁钩，这些鱼钩般的东西被用来从巢中诱捕幼鸟。一些出生仅有60天左右的雏鸟便会从巢中滚出，摔入下面的巨大温泉中立即溺亡，由此捕猎者便可以“捡取”自己的战利品了。

在刚开始长出羽毛时，油鸱幼鸟体重会是成年油鸱的两倍，此时的幼鸟在所有方面都超过了它们的父母。

贞德仿佛看到这些幼鸟剧烈地拍打着翅膀，却徒劳无用地坠入滚烫的泉水之中。

想到这些溺毙在地壳深处沸水中的油鸱幼鸟，泪水便沾满了贞德的脸颊。她为自己的父母无法在地质大灾难中幸存而啜泣，为那些死于地球表面的人而伤恸，为自己最近杀死的那些敌人而悲哀。贞德也为14岁的里昂而流泪，那时的里昂不过是个女孩。

这时，贞德注意到一只小油鸱躺在不足20英尺之外的温泉中死去了，原因或许是失足坠落，也可能是想练习下飞翔。

贞德从水中将这只油鸱捧起，将它放置到地面。她蹲下并从小腿的皮套中拔出匕首。贞德用刀将鸟的腹部割开，将皮肤与脂肪相分离。她哼着一首关于鸟儿是如何在阳光下飞走的法国童谣，依然没有停止哭泣。

贞德有条不紊地处理着幼鸟。她将内脏取出，以便可以用各种方式烹饪这只肥硕的野禽——一些可以充当食物，一些可以提炼食用油，还有一些可以炼制照明材料。

她听到里昂从远处逐渐走来。在处理好这只油鸱后，她们可以美餐一顿，或许睡上一觉，然后各忙各的。

贞德将手轻抚胸口，承诺将会使幼鸟的每一部分都物尽其用：

骨头和羽毛、肉和脂肪、嘴和爪、血液和大脑以及肌腱一类肌肉组织。可以用这些东西做成枪尖，搓成绳线，制成食皿，还能熬制出油漆与油膏，磨成对制作简易炸弹非常有用的小巧棍棒。

她许诺将会把这只鸟儿重新带回世界，在那里，生命躲藏在阴冷或炎热的地底，几乎找不到人的踪迹。

里昂进入洞穴所发出的瑟瑟声打断了贞德的思绪。贞德发现她的整个身体被某种怪诞的生物裹挟着——那是个男人，也可能是个女人！贞德无法仔细辨别——但是，透过污泥，贞德能看到掩盖其下的人类才有的头颅、眉骨以及眼睛。一个人正将匕首压在里昂的喉咙上，慢慢地逼着她前行。

第十五章

这个男人的眼神看上去很疲惫，皮肤肮脏不堪，他将刀刃横在里昂的喉咙上，逼着贞德一点点地往前走，眼眸漆黑闪亮。

贞德没有丝毫的惊慌，但事实上她的呼吸几乎都停滞了。她与这双子弹般的眼睛对视着，仔细想着怎样才能不动声色地对他发动攻击。男子咳了声，手中的匕首在里昂的脖颈上压出一道纤细的血痕。

贞德将注意力转移到里昂的脸上，看着她的鼻子和眼睛。里昂的双眼镇定，如同两汪平静的池水，没有一丝情感，高傲的下巴似乎在嘲弄着世界万物。还有别的活下去的理由吗？透过里昂的眼睛，贞德看到了她们经历的所有往事和见证过的小而熟悉的世界。

“拿出勇气，不要退缩！”这就是她在年复一年的战斗中给予里昂的坚定信念。

这个半死不活的愚蠢男人到底知不知道自己在干什么？他根本不知道自己的这两个对手有着怎样的力量与经验。他对此根本一无所知！仅凭他手中的那把小刀和明显发育不良的身体如何是她们的对手？难道他是个外星人吗？他以为自己所偶遇的这两个女人还是以前那些只懂煮饭做菜和照顾孩童的家庭妇女，但事实上火箭发射器和简易爆炸装置才是她们的聊天主题！贞德又在想是否应把他当成敌人，她静静地等待着，甚至能够闻到逐渐靠近的这个男人身上的气味——那是混合着污垢、汗水、尿液的味道，还夹杂着久未沐浴以及刷牙的体臭与口气。

在贞德对面，脖子上架着刀的里昂睁开原本紧闭的双眼，嘴角流出笑意。

这个入侵者并不知道，里昂已经将手悄悄地滑下，足以握住她那把拉吉奥乐——里昂非常喜欢这把法国战斗匕首，这种刀以水滴形的刀刃和悠久历史而闻名，刀身上还刻有一只振翅的蜜蜂。

里昂猛地挥舞起手臂，在男子反应之前用这把匕首刺破了他的脖子。贞德将双手抱在胸前，歪斜着脑袋，默默地猜测里昂的这一手是否足以致命——从血流量判断，这只是一个创口。但这个可怜而苍白的灵魂正紧紧捂住自己的脖子，在泥泞的地面上踉踉跄跄摇晃，似乎必死无疑。

贞德缓步向前，面前的这个男子已跪倒坐下，低着头肩膀起伏不停。

贞德将头靠向他，“我们该怎么处理你呢？”而里昂则在一旁用裤腿清理“小蜜蜂”上的血迹。

男人抬起脑袋。

贞德用手指挑起他的下巴，让他的脸向上仰起。男子张开了嘴巴。

“我，”他喃喃地说，“是彼得……”鲜血从血管涌出，沿着手指缝在前臂汇成一条小溪。“你……”他的声音几乎听不到，身体突然向下一沉，猛地喘息了一声，“你真的还活着。”说完这句，男子的头重重地撞击到泥土之上。

贞德的肩头一阵惊颤，急忙抱起他的躯体，“彼得？”她大喊。

一旁的里昂将男子脸上的泥垢拭去，惊讶地对贞德说：“你弟弟？”

第十六章

洞穴的颜色如极光般在橙色、蓝色和绿色间不断变幻，贞德张开手掌，十几只黑色小虫从旁边掠过。

来自地狱的蠕虫，这是她们给这些小东西起的名字。很久之前她们就发现了这些不同寻常的线虫，它们生活在距离地表几英里的地下热水中，那里的水温足以烫伤人类的手掌。她记得自己上学时曾看过有关它们的故事。

在这里，这些历经400亿年依旧生生不息的生物又和她们见面了。这显示出我们对于自己的起源、现状以及未来生存的认识是多么的可笑。人类总是习惯于仰望，但如果一切重要事物存在于地表之下呢？那里的生物虽然低等，却是进化的根本。蠕虫、甲虫和其他微不足道的动物在地下生生不已，倔强地延续着自己的种群。恶魔线虫，名字来自那个“不爱光的人”靡菲斯特，他又被称为“地下领主”。人们曾宣布“发现”了这一物种，好似它们不是原本就存在这世界之中一样。

贞德蹲在她垂死的兄弟旁边，看着他的眼皮在抽搐。她蹲下的时间太久，以至于大腿麻得有些灼痛。彼得的状态介于睡眠与死亡之间，用不了多久就会化为其他形式的能量。先是化作泥土，然后成为蠕虫的食物。贞德抚摸着他的脑袋，回忆起他的童年，记起他浓密的深色头发和长长的睫毛。说不清为什么，她把一堆小虫子放在他的额头上，而弟弟却一动不动。

第一批这样的线虫发现于南非矿脉的岩壁之中，它们以放射物为食，有着自己的神经、消化和生殖系统。那时，科学家们正醉心研究外星人存在的可能性和天体生物学，这一地球生物学领域中的新发现并没有激起多大的水花。想到这里，贞德脸上露出一丝苦笑。人类总是不停地仰望宇宙，以至于在大灾难爆发前几乎无心探索身边的世界。然而，生命却在看上去不可能的荒芜之地蓬勃生长。

恍惚间，贞德用手指抚摸着额头一边的蓝色光芒，太阳的异动引起了生物在形态学上的剧变，这些恶魔线虫便是最好的例证。

弟弟正在发出垂死的呻吟，贞德能看到里昂的身影从洞穴走廊处逐渐靠近，她嗅到了里昂皮肤的味道，里面夹杂着泥水的气息。

作为一名幸存者，贞德从这些小虫子身上学到的东西要比任何人类创造的哲学或知识更为深刻。这些来自地狱的蠕虫以地下细菌为食，还能够抵抗高温和进行无性繁殖。这些黑色线虫所生活的地下水体距今已有3000至1.2万年，几乎不含氧分。它们无视科学而持续繁衍生息。

“像我一样，他也是个讨厌光的人。”贞德对里昂说，身边就是自己的兄弟，身体正随着自己的啜泣而轻轻晃动。

不仅仅是恶魔蠕虫，在地球上的人类面临“适者生存”的窘境时，贞德还发现了其他被科学家遗忘的生物：真菌、阿米巴虫以及其他多细胞生命体，它们能够以一种神奇的速度适应和演化，所有这些生物都生活在地下。还有盲鱼、透明蜥蜴和骨白色长腿蜘蛛，依靠光谱导航的蝙蝠、淡水电鳗，它们通过进化妥善地利用声、光、能量。不仅仅穴居动物，一些植物也可以在没有光合作用的情况下从其他来源获得生存所需的能量。

像我一样，贞德想。

但是现在，贞德的手却感到刺痛。

“你想做那件事吗？”一旁的里昂问。

“我不知道。”蹲着的贞德抬头说，面前是里昂的耻骨。在看到实物前，贞德一直把里昂的生殖系统想象成一个贫瘠的洞穴。

“他是你的弟弟啊。”里昂悲鸣地说。

“他正在死去。”贞德抬着头，“死亡就是这样的，他们会死，我们会死，所有人都会死。这是一出生就决定的了。”

“胡说八道！”里昂将重心换到另一只脚，将胳膊交叉在胸前。“只有你、我、他会知道这件事，别人不会知道这些。”里昂将一只手放在贞德的头上，“如果他知道了……某些事，我们也可以听听他的看法。”

我们要对这个垂死的人做些什么呢？贞德闭上双眼，想象着将脸埋在里昂的双腿之间。她的整个胸腔都在发痛，仿佛肋骨正在内陷。当然，里昂是对的，但这并非基于家人之间的忠诚和感情——到现在已经发生了太多事了。没错，他们分享着遗传基因，但同类之间不都这样吗？好似恒星、行星或海洋浮游生物那样。但他的确一路走来寻找到她，虽然贞德压根儿不知道“一路走来”到底意味着什么。他从何处而来？又有什么话要说？他是怎么存活下来的，还有其他的幸存者吗？

只有一个办法能知道答案，但这种方法贞德曾经发誓不会再次使用。

贞德在15岁时发现自己拥有起死回生的能力。那时，“天穹”已经几乎失去了控制，但工程师依然没完没了地在太空中建设着它，而将大多数面临死亡的人类抛弃不管，任由他们自生自灭。让·德·摩出人意料地成为领袖，所有大陆的幸存者都为争夺水源而杀伐，奄奄一息的太阳发出橘灰色的光芒，植物的根系下只剩废土。人类变成了领地性动物，上演一幕幕达尔文笔下的适者生存。人们因绝望而组织起来，除了那些全副武装的定居点，人类不断进行着同类相残。然而自相残害和战争不是最糟糕的事情，暮气沉沉的太阳、饥荒、辐射、暴力、恐怖同样算不上什么，整个人类从古至今的恐惧总和与之相比也是微不足道的。

最可怕的事情是人类身体所产生的突变。

在手脚上的指甲开始脱落后，每个人都失去了自己的头发，整个人类开始退化。

阴茎开始像烤蜗牛一样萎缩卷曲。

此前对生殖系统起到润滑作用的黏液如今将阴道牢牢粘合在一起。但不知为什么，贞德是个例外。

婴儿的生殖系统从出生开始就不成熟，他们没有耳朵，眼睛上只有半透明的眼睑，手上则是未成形的蹼状手指，尾骨底部则有小小的凸起。

“退化。”

15岁时，贞德负责管理一个小小的孤儿群体，大概有40人左右，每个孩子都处于不同程度的恐惧之中，还展现出各种动物般的野性。尽管早已失去双亲，贞德依旧对家庭和土地充满向往。贞德能够控制火焰，如果把手放在地面上的时间足够长，她可以制造地狱般的旋涡，从中产生地电流。她已经学会怎样控制这种力量，可以在地面上制造威力堪比凝固汽油弹的效果。

一旦受到威胁，便会燃起熊熊大火。

她养育着这些孩子，把他们聚集到一起，为他们提供栖身之地。然而一旦遭受袭击，孩子们总是伤亡惨重。寻迹而来的“天穹”军队并不想仅仅抓住其中的一两个，而是要把他们全部充当食物或奴隶甚至其他什么。因此，为了将这些孩子隐藏起来，贞德制定了一个计划。

她在自己父亲曾用来种植蔬菜的土地上挖掘了41个儿童墓地，小心翼翼地在墓穴底部铺上了泥绿色的农用工业塑料，塑料的边缘足够大，可以覆盖在墓穴上支撑住上面的泥土。她设置了41根橡胶管，作为地下通风管道——那是一个一个巨大的管状洞穴，里面有地下河流。然后她又将这些橡胶管埋在墓穴中，位置与头部平行，以便躺进去的孩子利用它呼吸。当面临攻击时，41个孩子会马上躲进41个墓穴中，将塑料布遮住身体，用力一扯使自己被泥土紧紧覆盖，然后通过这些橡胶管在假装死亡的时候维持呼吸。

所有来到附近的人只会看到大规模屠杀所留下的众多坟墓，那些小土堆下的儿童是死是活不言而喻。贞德想，这样，孩子们肯定会安全的。

然而贞德低估了邪恶的力量，或者说她低估了权力的力量。一天晚上，熟悉的爆裂声在空中响起，一架“天穹”探测器穿越大气层而来。孩子们立刻行动起来，迅速而精准地将自己埋了起来。整个夜晚，贞德都在观察着他们，等待着“天穹”的侦测。但她没有想到，“天穹”已经掌握了将升降装置隐形化的技术，可以使自己不可见，而且其也能够检测到那些躲在泥土之下依旧呼吸着的孩子们的热量。他们将甲烷注入孩子们藏身的墓穴，从而挤出足够的氧气。孩子们因此而咳嗽，吐出了口中的呼吸管，被他们像杀死鼹鼠或耗子那样窒息在假寐中。

贞德有一瞬间曾注意到化学制剂的气味，但是并未放在心上，毕竟在这个地方化学气味并不少见。

第二天早晨，无人醒来。

贞德一个接一个地将他们挖了出来，把他们蓝灰色的身体从洞中抬出，放置在各自墓穴旁的高地上。

那时，贞德身体内的悲愤之情甚至超过了父母遇害时的伤心，超出了弟弟因遭枪击而被俘时的难过。对这些变异儿童的悲伤在心中蔓延，贞德似乎已被另一个自己所控制，她无法掌握自己的身体，仿佛这种悲伤不是一种抽象的感情，而成了实实在在的东西。悲伤演变成怒火，而愤怒令贞德的脑袋不断晃动，她将衣服从身上扯下，眼前的一切变得混沌，而那首歌也在她的头颅中回荡，声音大得似乎能将她的牙齿震碎。她所站立的那片土地开始隆隆作响地上翘，使她不由自主地跪了下去。为了保持平衡，贞德将双手支撑在泥土上，眼睛蓝光闪烁，额头上的光芒飞快地跳跃着。然后，贞德的双手涌出一道光，土地如脉搏般开始跳动，发出了雷鸣般的巨响。

41具尸体开始咳嗽和喘息，扭动着脑袋，困惑地扫视着四周被泥土和死亡气息所笼罩的其他人，仿佛是在说：我是死了吗，还是刚刚出生呢？

这是一个奇迹。

但是每个人都没有活过一天。在第二天结束时，他们又重新归于尘土，一些人在临死时的表情如同庞贝古城中的那些被火山灰覆盖住的尸体。

这时，贞德的能力便无法再次发挥功效了。自此以后，她所复活的战友全都在一天左右便死于同样的情况——她只能让死人短暂复活一次。

贞德所掌握的复活术只能让植物和有机体再次复活，这种源于泥土的能力对人类而言作用不大，因而所救之人无法长期存活。

贞德原来就知道这一点。所以，她能够让自己的弟弟短暂复活，但这只会使自己又一次地目睹他的死亡，一次由她亲手带来的死亡。或者也可以让弟弟继续躺下去，不受自己这种瑕疵能力的打扰。

贞德看着线虫在弟弟的前额和头部上分散开来，好像头发一般。

“复活他吧，”里昂说道，“我会替你埋葬他的。”

第十七章

山洞的内壁投射出棕色、黑色和橙色的光芒，在她们身边不断变幻、游走。里昂往火中添加着泥煤，火焰因此不断改变着外形。随后，里昂将“小蜜蜂”从靴中抽出，将刀刃放在火中炙烤。贞德转过身子看着弟弟的尸体，在这片昏暗的火光中，他看上去似乎像是一部描写沉睡之人的影片中的主角。

生与死之间存在着界限。医学上，死者重生不叫“复活”，其专有名词叫作拉撒路综合征：人体循环系统自发地恢复运作。经过这么多年对死神的固有认知，你会觉得他们使用了一个不太符合《圣经》的术语。那么又应该用什么词汇来描述贞德将要做的事情呢？

贞德将双手放在盛有银和薰衣草混合物的盆中清洗，她看着自己的双手与里昂的手指交织在一起，里昂也在帮她清洗双手。

“还记得五彩鳗吗？”里昂突然说，脸上露出一些喜色。

贞德的心脏在胸腔内怦怦直跳了好一阵，她记起在战争的间隙与里昂在澳大利亚附近共度的那一个月的时光：在一个水下洞穴的水池中，五彩鳗在她们身旁的海水中游荡，它们有着霓虹蓝的肚子，而背部则是荧光般的黄色。那时，两个人的笑声从未停止。

如果闭上眼，贞德几乎还能听到那阵笑声，里昂的笑声。

在圣诞岛的地下洞穴，各种各样雌雄同体和雄性先熟的物种茁壮成长，五彩鳗便是其中一种。这是一种有着细长身形的优雅生物，还有着高隆的背鳍和巨大的鼻孔。五彩鳗的幼体和亚成体呈现出亮黑色，背鳍呈黄色。雌性成体则呈现出黄色，有着镶嵌着白边的黑臀鳍，雄性成体会变成蓝色，背鳍依然为黄色。随着发育逐渐成熟，它们会交换性别。出生时为雄性的鳗鱼会变成能够产卵的雌性，身上的颜色也会随之改变。它们可以这样生活20年，在性别方面完全不固定。

贞德没有抬头，她对里昂说："记得在肋骨下做一个切口……大概——"

"我知道，"里昂回答说，"大概有你手指那么长。"她握住贞德左手，上面的小拇指已经被切掉。就这样，她们一言不发地在地上坐了许久。

"好吧，"贞德说，"现在开始吧。"

里昂跪下身，在贞德的帮助下将彼得的脑袋和肩膀放在自己的大腿上。彼得的双臂各向身体一侧伸展，头部微斜，嘴唇分开，已经死去的他真像是在享受着香甜的睡眠。里昂以一个完美的角度拉伸并挤压着彼得的肌肉，使之变得平滑，然后在他最后一根肋骨下面划出一道嘴巴大小的豁口，近乎黑色的暗红色血液从一道细线上渗出。

贞德没有丝毫犹豫，将三个手指穿过细痕伸入刀口之中，里面湿润而凉爽，却又错综复杂。贞德将另一只手按住彼得的肩膀，闭紧双眼，垂下脑袋，将自己的呼吸慢慢放缓直至几乎没有，静静地倾听额头上的蓝色光芒。

贞德的心脏像电子脉冲般搏动，她将整个身体慢慢地沉浸其中，没有抖动一丝肌肉。

低沉的嗡嗡声震动了洞穴的地面和内壁，火焰上出现了丝丝裂隙，随后又是一阵嗡嗡作响，如蝙蝠扑翼般上下起伏颤抖。

什么事情都没有发生。

“贞德？”里昂问。

但是贞德什么都没听到，额头上的蓝光如波浪般扩散。她已忘神其中，沉浸得更为深入，以至于伸进彼得体内的手掌穿透他的身体插进下方的泥土之中。她浸入到彼得的童年记忆中，看到他在院子里快活地奔跑。“看看那个太阳，”他说，“它知道我们叫什么！”洞穴内壁的回声震荡着她的肋骨、下巴和颅腔，贞德继续向深处前行：她可以看到彼得出生的那天，能看到他那黏糊糊的如基因螺旋般弯曲的脐带。

“贞德？”里昂继续大喊。

贞德睁开眼睛，耳边的声响逐渐褪去。

彼得的眼睑开始微颤。

他开始猛烈地喘息，胸口不断向上抬起，里昂连忙向后撤步。顺着切口，贞德将手在彼得体内越插越深，蓝红色的血液也随着她的动作喷涌而出。随后，贞德放松并撤出手指，用手掌紧紧挤压住正在流血的切口。“药膏！”贞德命令道。

里昂调整下平衡，将早已准备好的药膏和绷带递给了贞德。

一时间，三个人挤在一起，除了呼吸一动不动。当他们的呼吸声趋于平缓与安定后，这几个身处洞穴中的人有种似曾相识的感觉涌上心头。上次三个人聚在一起还是处于所谓的最后之战中，在那场战斗中，贞德被俘，每个人都受了重伤。之后，贞德在这个世界上便失去了踪迹。

贞德凝视着弟弟的面容，她将他重新带回了这个世界，无论这将持续多久。他的皮肤依然散发出蔚蓝色的荧光，不过正在慢慢恢复血色，重新变得富有生机和活力。

彼得睁开眼睛，他的眼睛和贞德的很像。

对着姐姐，他艰难地露出笑容。

如同柏拉图在洞穴之喻中所描述的，彼得也许还以为是在做梦。

“彼得……”贞德轻声呼唤。他的脸庞是如此熟悉，以至于没有将他认出。

“还记得……”彼得艰难地发出声音，伴以剧烈的咳嗽。他的整个身体在不断地痉挛和抖动，嗓音听上去像枯老的落叶划过泥土。“还记得太阳还是原来样子的时候吗？”

贞德努力地笑着点头。在小时候，他们和其他人的想法并无二致：太阳从内向外发出能量，由可燃气体组成，是一个有限度的自供能球体。但是所有人都错了，历史就是这样，新的真理颠覆着前者，无休无止。记得吗？地球以前还是平的呢。

弟弟的生命摇摇欲坠，他发出一声叹息：“我不知道为什么要说刚才的那句话，我也不知道自己为什么会这么想。”

贞德柔声说：“在你还很小的时候，你觉得太阳是一个很仁慈的存在，你认为它是一个正在注视着我们，让我们保持温暖的外星人。它就像传说中的‘月宫人’，只不过更好。”贞德笑了笑，接着说：“你也曾想过太阳或许在某天会杀死上帝，对于一个孩子来说，这可是个了不得的想法。”

彼得缓缓地吸了一口长气，然后慢慢地呼出。“我们真是些奇怪的孩子。”

里昂悄悄地抿嘴一笑。

贞德轻轻地抚摸了一下他的额头作为回应，早前放在那里的黑色线虫依然还在，让他看上去像个黑暗天使。

“我还能活多久？”

贞德闭上眼，深吸一口气，然后将空气憋在肺中，慢慢地将它排出，声音轻得似乎是在喃喃低语。她似乎希望这能换回弟弟逝去的岁月或者两人的童年。

“这不好说，也许只有一天，也许更久。”

“到那时……痛苦吗？”

贞德仔细思索着这个问题，她也不知道怎么回答，因为死亡尚未降临到她的头上。按照她的亲眼所见，人们只是简简单单地就死了，如同身上的力量突然被剥夺。看上去……很平静，像是昏厥或者进入了梦乡，身体则会歪倒在地。

贞德也无法将这种力量施展于自身。她只经历过一次死亡，就是“天穹”要把她活活烧死的那次，不过她认为两者还是有所区别的。一想起那次的经历，贞德的记忆似乎被一击而中，那种感觉足以让她的眼睛抽搐。

“省省你的力气吧。”贞德说。

彼得像个孩子般更加强烈地注视着姐姐。“为什么？”他问，“有什么原因吗？”

贞德将视线放低，不敢承接他的目光。

彼得又开始剧烈地咳嗽，甚至让贞德觉得他会再次窒息而死。在贞德心中，的确闪过一个念头，希望弟弟就此离去，她不想再对他或任何人的生死负责。

这时，里昂将一杯液体放在彼得的唇边。“喝了它，”她命令道，“这里面含有有机兴奋剂和止痛药，你会在同一时间体会到警觉和兴奋。这种难得体验会让别人嫉妒的。”里昂微笑着说。

贞德趁机离开彼得的身边。

彼得一口口地啜饮着，还不到20分钟他就恢复了往昔的镇定自若，这让所有人都感到不安。

“在你死的时候，”他说，“或者当我们以为你死的时候，我们并没有认为你真的走了。我不知道原因，只是感觉不到你离开了人世。你知道，他们夺走了我们的一切——我指的并不是他们对我们的屠杀或者奴役，也不是他们对于地球的劫掠或类似事情，更不是他们拒绝对我们施以最基本的人道援助，比如说药品、食物和饮用水。我指的是你，你是唯一值得我们依靠和追随的人了。他们处死你等于杀害了我们的上帝，这么说是不是挺滑稽？”

贞德双手抱肩，将头埋进膝盖。

“不过一段时间后，我们让你依然停留在了人世间——我们重新创造了你！”彼得用肘部努力地支撑着自己的身体。“为了让自己坚持下去，我们创造了一个关于你的传说，所以你从没有真的弃我们而去，你懂了吧。”彼得抚摸了一下贞德手上的疤痕，那里原本是她的一根小拇指。

一点点的，以一种即将回归死亡的凋零之音，彼得向贞德讲述了她未曾了解的关于她的传说：

“那一年，太阳造成了无数人的死亡，如同我们已经知道的，世界距离终结也越来越近——正因如此，人类需要对命运作出抉择——究竟是留在地下等死还是屈从于由‘天穹’的统治阶级所主导的高高在上的意志。这时，一名儿童信使从某个隧道里出现，没有人知道他到底是谁。他的眼睛深邃，高耸的颧骨显示他已经许久没有进食；他瘦骨嶙峋，肋骨更是根根可数。不断咳嗽的他像是个行走的骷髅，虚弱地呼喊着‘我在这儿。’当人们找到他的时候，他微笑着闭上了眼睛，仿佛已经得到生命的嘱咐。他将一卷用布包裹好的物品交给了我们，然后倒在地上再也没有睁开双眼。

“一些人围在男孩身边，跪着看着这个男孩。一个妇女发出温柔的怜悯声，轻轻地抚摸着男孩的脑袋。我看到了那个从他手中递出的包裹，小心翼翼地把它打开。外面的布油腻而肮脏，仿佛被一千只手传递过。我最终将它拆开，看到了这个已死去的小男孩所带给我们的东西：书写在纸上的一封粗糙的亲笔信。”

彼得又开始咳嗽，仿佛要将肋骨咳出。里昂将一杯水递到他的嘴边，但彼得继续讲述着：“我承认，那时我马上忘记了还躺在地上的那个孩子。这是一封信啊！突然间，我的心中充满那些真实含义已被大家遗忘很久的词语——文章、作品、书籍和图书馆。我的身体开始战栗，周围聚集起了一帮人。透过纸张，我能嗅到人类汗水以及其他什么的味道——我想是纸浆。我屏住呼吸，将信一点点地打开。里面的内容你肯定知道，”彼得说：“信在结尾处用一句话充作签名——‘为你，我献上整个大地。’

“有些人当即断言这封信是伪造的，因为在这个历史节点，任何人都可以宣称自己是任何人，个人身份无法得到明确认证，它可以像语言或图像那样不断复制，而且每个人都对分散在世界各地的隐藏或遗忘角落中的旧事旧物有所了解，所以这封信可能会是某种欺骗甚至更糟糕的阴谋。但是，里面却包含着一些只属于你的东西。

“我捧着这堆东西发抖，喘息着几乎要晕倒，聚集在我周围的人也看到了我所看到的东西。夹在信中的只有一样人身上的东西：一缕头发。它乌黑浓密，卷曲的造型如同在他们面前用墨水书写出了一个大大的问号。我抬起头，看见一个男人正闭着眼睛慢慢地抚摸着他那无发的脑袋。

“在闻过这封信后，我思考了一会儿：上面有雨水的味道，还有一些与睡眠有关的东西。我们不敢再触碰这封信，盯着它发愣，如同它是某种圣物。

“因为这不仅仅是一撮厚厚的黑发，虽然这已足够神奇了。这缕黑发有着某种特殊的编结手法，将一根小手指包裹其中以保持其完好。似乎有人小心翼翼地对手指进行过塑形，将它弯成一个贝壳状以保持其足够的柔韧性。手指的蓝灰色皮肤显示它已经脱离人体很久了……”

彼得停顿了一下，紧紧盯着贞德。“我们悄悄地许下誓言，从那天起我们将不再对你的形象进行胡乱加工。‘天穹’想继续榨取地球剩余资源，并对人类幸存者进行劫掠，它几乎就要达到目的了。如果你还活着，那么就有必要寻找到你。即便拼上性命，我也要找到你。

“当那个男孩带着你的头发……”彼得一边说着，一边用手指缠绕着贞德长长的黑发，“还有手指找到我们的时候，我虽然感到震惊，但也不是完全不相信。小时候我曾看见你在山林大火中安然无恙，我也见过你从海中走出，身上散发着极光般的光芒。在与你并肩作战的时候，我发现你能够在各种险境中全身而退，要是换作别人早就没命了。果然，你还没有弃我们而去，也许，能够看到你还活着，这就已经足够了。”

里昂开始哽咽，这似乎是能听到的唯一的声音。

三个人都知道这并不“足够”，她们的团聚只有一个目的。

里昂起身向旁边走去，折了几段灌木枝丢进火中，山洞中顿时弥漫着鼠尾草、苔藓和泥炭的气味。彼得挣扎着起身，抬头望着里昂的身影。“我很想她，”彼得说，“信不信由你。”

贞德看着彼得，几乎要露出一丝微笑。

火光映亮了他们头顶的洞穴岩壁，贞德放置在弟弟额头上的一些线虫开始滑落，如同他流出了黑色的眼泪。彼得将其中一条扫到一边。

“没关系的，”贞德说，“就让它们在那儿吧，它们能吃掉各种类型的细菌。”

“这还有什么意义吗？”弟弟反问道。

彼得是对的，没有一丁点的意义。她们将他在山洞内复活只有一个原因，单单只去回忆童年是对时间和精力的浪费。

贞德看着远处的里昂，她脸上的表情提醒着贞德："让他把故事讲述给我们。故事可以带来行动，从而拯救生命。"

一想到这样对待弟弟，贞德不免有些内疚。他又能告诉自己一些什么不一样的事情呢？

里昂端来一杯由姜根和颠茄制成的汁液，她将彼得再次靠在自己的大腿旁，让贞德给他喂进一小口热汤。

"谢谢，"彼得说，"很显然，时间不多了，关于这个故事还有一个重要的环节需要你了解，那是一个悲剧。"他略作停顿，"好啦，你不要这么消沉，别忘了，你弟弟已经死了。还有，我要给你个礼物。"彼得艰难地让自己坐起，将手插入口袋深处，搜寻着什么。当他将手拿出来时，贞德看到自己眼前有一只银色的长腿蜘蛛。

"这是什么？"里昂脱口而出，眯着眼仔细打量着他手中的玩意儿。

"这个小东西跨越了很长的距离才来到你的身边。"彼得说。他将手伸向姐姐，而贞德自然而然地将手张开来迎接这个礼物，小东西顺着两人的手指爬进了贞德的掌心。

"我接下来会把我知道的都告诉你，"彼得继续说，"趁着……我们该怎么说才好呢？趁着我还没有再次离去？"

贞德苦笑，笑声越来越大，充满了悲恸。凡事皆有两面。

第十八章

当她们还是孩子的时候，只有7岁或者更小的彼得曾发过一次高烧，那时大家几乎觉得他挺不过去了。来到家里的医生发现彼得的大脑出现水肿，皮肤上长满了手掌大小的猩红色斑点，如同树叶投下的红色浅影。接着，他的头发全部脱落了。脑炎。在高烧褪去的前几天，弟弟一直处于神志不清之中。彼得告诉姐姐，他曾看见她在投身火海后遁入夜空，如同一个长久离队的星辰重返自己的星座。

银色的蜘蛛爬过贞德的手掌，攀上她的前臂。即便洞穴的光线模糊，她也能看出这只蜘蛛尽管看上去极其逼真，但并不是很“自然”。它的运动似乎过于有序，细针般的长腿虽然和普通蜘蛛那样轻盈而细致，却给人一种机械感。贞德有些怀疑自己是不是想多了，难道这么多年以来，自己的活动不是因经过精心算计而变得非人化了吗？

“这是一台录像机，”彼得回答了贞德在心中的疑问。“这只蜘蛛总体上是个生物，但是体内植有线路。我们以不同的外形制作了成千上万个这种东西，穴居类人猿、蜘蛛、蠕虫、火蜥蜴，各种各样。不过蜘蛛似乎比较适合在世界之间进行旅行，因为它携带的数据不易受损。”

贞德猛地抬起头，而里昂则惊讶地冲向彼得。“在世界之间？”贞德问。

彼得猛吸一口气，屏住了呼吸。贞德在心里猜想着弟弟还能再活多长时间，她其实已经在盘算应该将弟弟安葬在何处了——湖的那边似乎是个理想的地方，水晶般清澈的绿色水面映射着洞穴的整个顶部和洞口；有一个洞窟也是不错的选择，那里的岩壁因为地质变动而闪烁着青绿色和宝蓝色光芒。如果说“弟弟”这个词对贞德还意味着什么，那么一定是像这里一样带有泥土、水源和生命气息的地方。她始终记得和弟弟一起在森林中玩耍的童年岁月，如果彼得最终离开她，那么应该让他的灵魂重新融入岩壁、土地和湖泊之中。

一阵微弱的滴答声在洞穴四周回荡，这可能是渗水滴落引起的，也可能是蝙蝠扑腾翅膀的响声，或者仅仅是一次地质拉伸。

“我们创造的这些类人猿可以经由天索进出‘天穹’，它们可以毫无痕迹地驾驭大地电流。我们在最近三年多时间里一直收集有关‘天穹’居民和科技的战术信息。从他们向地球输送爆炸物开始，我们就知道天索不仅仅可以用来传送能量，还可以用来传送物质。尽管他们利用这个电梯制造了越来越多的死亡，我们也将更多的类人猿像物种入侵那样送到了上面。我们已经绘制了有关‘天穹’全貌的地图，他们的武器系统、食物与能源供给链以及社会架构和权力中枢也尽在我们的掌握中。

“而且我们还知道一些别的事情。我们知道他们有一个问题，大问题！”

“天啊，”贞德听见里昂小声说，“那么人呢？人类能穿越天索吗？”现在，这个问题摆在了三个人面前。

彼得看了看自己的胳膊和双手，“我们还不知道人类能不能上去，至少现在不能吧，最起码像我这样的凡人没有上去的。”他将目光转到别处，稍作停顿，然后继续讲述。

里昂用脚拨弄着地上的泥土。

“但我们的确知道如何将‘天穹’的注意力引向特定目标，怎样将他们的能量吸引到某个地方——我们将废弃的弹药库和陈旧的有线技术设备伪装成能够诱引他们进行追踪的目标，这样可以吸引他们的注意力。当我们这么做时，他们会将炸弹投向我们希望他们投向的地方，或者可以以此将他们聚集起来。那时，当暴风骤雨般的轰炸开始，我们的类人猿可以在随之而来的电子风暴的掩护下渗透进‘天穹’。”

贞德和里昂看了看对方，她们刚刚目睹过一次这样的攻击——天空裂开一道缝隙，几乎将她们炸得粉身碎骨。

彼得扭着头看了看眼前的两个人，“和他们比拼武器我们是赢不了的，但数据就是另一码事了。到现在我们几乎对他们的科技了如指掌，而通过一些模糊不清的静态图像，我们对他们的日常生活也有所了解。”

他的胸看上去有些起伏……这或许是因为咳不出来的缘故。但通过他的咳嗽贞德看到了一件她早已知道的事情——彼得的身体状况正在迅速崩溃，用不了多久便会归于尘土。如果是这样的话，他的生命便只剩下半天。他的面色现在看上去还不错，脸颊像玫瑰花瓣那样红润，眼睛则像蓝绿色的宝石般纯净。没有毛发的蜡白色皮肤在贞德所生活的这个洞穴世界中闪闪发亮，如同是一个自行发光体。但是他胳膊上的静脉开始凸起，已经变成了淡蓝色。当彼得紧抱双臂再次讲述时，贞德不由得喉咙一紧。

“他们可以跟踪并瞄准某种强度的电流，这就是我们认为你还活着的原因。他们正在想方设法跟踪你身上的能量。尽管他们极力散播处死你的消息，但我们所进行的渗透足以使我们了解这些新故事的真相。我们还知道他们正准备针对你的行动，并打算对我们这样的所有人动手。”

里昂站起身整整固定在小腿上的“小蜜蜂”，又调整了一下别在大腿上的“伯莱塔”手枪，然后将手挠着自己的脑袋。“他们总是不达目的誓不罢休。不但对我们进行奴役，还准备杀光剩下的人，”里昂啐了一口，“只剩下一个濒临死亡的星球在下面围着他们转动，就像个巨大的土豆。”

“是的，总体来说是这样的。”彼得回答。

“总体？”里昂咒骂着，“一样的斩尽杀绝，还有什么不同吗？”她的脸涨得通红，突然转身走开。贞德知道她并不是在针对彼得。贞德其实知道里昂喜欢自己的弟弟，至少在几年前他们最后一次并肩作战时她还喜欢着彼得。他们三个曾共同浴血战斗，再没有比这种关系更为强大的纽带了。

彼得的喘息越来越费力，单是听着这种声音都让贞德胸口发疼。

彼得像印度人那样将手掌放在膝盖上，手心朝上。“贞德，跟以前不同，他们不想杀你了，你现在对他们有用处。”他说。

他手臂上的血管像蓝色小蛇般蜷曲。

洞穴的岩壁依然滴答作响。

“他们又想抓贞德？这次是为了什么？”里昂叫出声来，“那次她被处刑时，周围的人也被一同剿灭，这样的事情一次还不够吗？”她走到洞穴一边，扛起满满一肩膀的弹药。

贞德坐着一言不发，盯着在身体上爬行的蜘蛛，思绪在里昂和彼得的话语中穿梭。蜘蛛在她的手腕上跳着舞，稍微沾一下她的胳膊便马上退回手掌上，看上去……很欢快。贞德在想它是不是要在自己伸开的手指缝上结网。某些生物喜欢在有联系的空间里生活，她看着里昂，感到两人之间有一种无法言状的羁绊。里昂和蜘蛛不一样，她不满足现有状态，而是希望不断前行。如果静止下来，里昂的身上那强健的肌肉和肩膀看上去显得有些违和，因此她需要的是行动。但是跟着自己，里昂这几年的生活充满杀戮与求生，已经只剩下行动了。

“那么来说说吧，”里昂发出了请求，“他们到底想利用她干什么？”

“繁衍。”彼得回答。

里昂放声大笑，回音与洞穴的底音以及身旁深邃的地下蓄水池中的细微流水声交融在一起。

贞德不敢相信自己的耳朵，繁衍？彼得到底在胡说些什么？

“贞德。”弟弟的声音打破了她的思绪，“我需要对此解释一下，而且最好快点解释，因为我有些眩晕了。”彼得短暂地耷拉一阵脑袋，深吸一口气。贞德数过，足有7秒钟。这是母亲教给他们的，可以用这种办法让自己镇定下来。

“我们刚从他们那儿得到的这个消息，‘天穹’那边的。我们知道些和你有关的事情。”彼得的声音听上去像落叶与砂砾刮过一片不毛之地。

“什么事情呢？”贞德只有这一个问题。她提问时像个孩子，也像弟弟那样屏住呼吸数到7。

“快点说吧！”里昂附和道。

贞德的脑海里充满了那些她无法拯救的平民和战友，这令她的双眼有些刺疼。手上的蜘蛛嘀嘀嗒嗒地爬来爬去，周边的岩壁发出低微的咔咔声。

彼得在自己的背包中仔细搜寻一番，拿出了一个锡制容器。他轻轻地把它打开，只见里面是十几只没有色素的蝾螈。它们的身体通白，头部没有眼睛，看上去像是胚胎。“需要让你们知道的一切——我们的基地在世界各地的位置、人数、联络人以及我们的交通手段，更重要的是有关整个‘天穹’世界的资料——都包含在这里面。贞德可以查阅这些内容。”

“用什么读取呢？”里昂追问。

“听，”彼得将自己的注意力转向里昂，“这些东西是洞螈。它们可以利用光和电子进行显微，它们拥有壶腹器官——”

“电受体？”里昂再次追问。她盯着锡罐，看着这些没有眼睛的白色小东西挤作一团蠕动着。“它们能传输电流？”

“是的，它们能够在腹腔深处产生电场，可以利用地球的磁场进行导航，这使得它们成为极佳的信息携带工具。你们只要让它们趴在她身上就可以了。”彼得盯着贞德，“只有贞德的身体才行。”他将这个盛满白色无眼“沙罗曼蛇”的罐子递给了里昂。

“什么？”贞德低声抱怨道，“我看上去像只蝾螈吗？我和它们是同类？”她的所言所语自己听上去都觉得可笑。

彼得将泥地上的身体向着贞德一边靠了靠，将双手搭在姐姐肩头。贞德轻轻地将手指并拢，将蜘蛛攥在手心以免弄伤它，略微思索了一下弟弟这么做的原因。在她眼中，彼得的形象变得有些深沉，她仿佛通过弟弟的脸看到了童年时的那个他。那时，人们每天都会辛勤工作以抚养孩子，全家人聚在一起用餐，养几只宠物狗，在晚上收看电视节目。那时的夜晚，月光皎洁，繁星点点，清晨的阳光真实而明媚，动物、树木生生不已，土地肥沃，到处都能听到燕语莺啼。

“你能听到的不仅仅是声音，那些穿越你身体的不仅仅是歌曲和能量。你是……”

弟弟的膝盖有些蜷曲，贞德只能用手肘赶紧将他扶稳。“这里面的东西很多。”弟弟的声音微弱，眼里噙满泪水。

那一刻，洞穴的岩壁吱吱作响。贞德看看里昂，发现她脸上也挂着同样的忧虑。有些事情即将到来，或者说有些东西即将崩溃，两者通常一起发生。

“贞德！”她的弟弟一边咳嗽一边大声呼喊着，以高过越来越大的地质噪声。他紧紧抓住姐姐的手臂以至于在上面留下了瘀青。“你的手在土里，记得吗？”彼得大声地向姐姐吼叫，眼神飘忽，呼吸逐渐减弱。

“记得什么？”贞德尖叫着，试图扶住弟弟下坠的身体，里昂也前来帮助她。但是，像大陆开裂一般，山洞出现一道巨大的缝隙，顶部岩壁呻吟着朝四面八方龟裂，脚下的地面在起伏扭曲，将她们摔在地上。她看到洞墙闪着光因弯折而崩塌——刚开始尘土如灰烬般缓缓落下，然后大块岩石像雨点般砸下，最后更为巨大的岩体彻底断裂，岩壁在她们周围隆起并散裂。爆炸再次袭击，她的脊柱受到了猛烈颠簸，将脑袋重重撞击到洞穴的地面上。当她再次睁开眼时，一道强烈的银白色闪电劈向洞穴，其力量如此之大，使得贞德失去了听觉。如果这道闪电直接击中贞德，那么她必死无疑。

尘土、光线与声音最终平复，贞德匍匐在地面，眼前就是自己的弟弟。她用力摇了摇彼得，但是他早已死去。贞德向着更远处的里昂爬去，看到她正捂着自己的耳朵在地上痛苦地翻滚。直到靠近，贞德才发现了原因：并非是噪声在折磨着这个她，而是里昂失去了一只耳朵。更为糟糕的是，她的鼻子正在冒着鲜血。当她们对视后，立刻想办法和对方进行沟通。即使在最疯狂的时刻，里昂依然美丽如初，她一手抓着步枪，另一只手保护着装有蝾螈的罐子，鲜血从她耳朵原本所在的地方涌出，但她脸上依然挂着动物般的野性笑容。

“什么？我根本听不到你在说什么！”里昂嘶吼着，面目狰狞，如同一只豺狼。

这时又一阵雷鸣般巨响发出，她们两个闭着眼伏在地上。白光过后，又是一片寂静。随后，一阵电流制造的蓝黑色龙卷风朝着一切还存活的生命席卷而来，那响声如此巨大，贞德嘴巴不由自主地被吹开，身体两侧的手臂也被吹起。有一段时间，贞德甚至被吹离了地面，随后又被甩回地面，撞击的力度如此巨大，她的整个骨骼似乎都被摔散架了。

又是一阵可怕的寂静。

贞德甚至觉得自己死了，她什么都听不见，什么也看不见，整个身体似乎遭受了电刑。

当视觉和听力最终恢复，贞德发现洞顶和岩壁几乎完全坍塌，她甚至能看到外面的世界。她看到彼得的遗体半掩在瓦砾碎屑之中，但立马发现还有一些非常不对头的事情发生了。

里昂不见了。

第三卷

Third volume

第十九章

天穹。

透过岩洞的洞顶，我看到了天空。时值黄昏，仿佛听见了繁星与北极光的低语。我闭上眼睛，有那么几秒钟感到自己似乎飘浮在半空，然而身底僵冷的岩石却告诉我这是不可能的。

空气中弥漫着焦垢的气味。

我找不到里昂。

弟弟的尸体被岩石和瓦砾掩没，那些证明我和他之间存在生物学联系的痕迹如尘埃和灰土般晦暗。原本里昂所在的地面留下一片黑影，死亡的痕迹围绕在我的周围。我不知道自己为什么能在这些年逃脱死亡的纠缠，每每躲开那些无法避免之事。难道我是在逃避属于自己的故事吗？看来在讲述自己故事的时候要小心点了。

这里的气味触发了我的感官知觉，让我回想起自己遭受火刑的时候血肉即将燃烧前所散发的那种味道——那时双脚、大小腿、臀部、肚子、两肋、手臂乃至脖颈和嘴巴附近的皮肤都因灼烤而绷紧——那是一次对于死亡的深度体验。我感到自己的眼睛刺痛，正在向着颅腔收缩。是的，我记得关于它的每一分细节。

里昂。

心脏，那个拳头一样形状的器官在我的胸腔内怦怦颤动，带来一阵阵疼痛。我呆呆地站了一段时间，考虑如何终结自己的生命。活着还有什么意义呢？我都不知道自己是否还存有些许人性了。人性，这个人类之所以为人的特质，由我们一手创造，却又被我们亲手毁灭。这到底是为了什么？

里昂，只有这个名字对我还有意义。

而她，却消失了。

还有谁比里昂更值得我去战斗呢？她就是我活着的全部意义，虽然我从没说出口。我为什么止口不提呢？人活着的意义难道不就是那点儿人与人之间的亲密感吗？我却一手把它搞砸了。我们两人相依为命这么些年，里昂对我的爱与忠诚可见一斑。

这种感情，就连宇宙中的黑洞比起来也算不上什么。

尽管鼻涕像河流一样在我的嘴唇和下巴上肆意流动，尽管我泪眼蒙眬，泪痕纵横交错，额头如花岗岩互相撞击般痛苦，我依然强迫自己正视自己的空虚。我明白这样一个道理：里昂就是我活下去的理由。里昂曾冒着炽热的高温闯过雷霆般舞动的火舌将我从刑场救下，也是她使我免于被那堆大火烧为灰烬。她悄悄对我说："不要出声，慢慢地往前爬，地上有个凹陷，躲进去然后闭上眼。"

里昂的话语在我的记忆中汇成瀑布，一道穿越时空的瀑布。她用一具不知道从何而来的尸体代替了我，所以那些对我施加刑罚的暴徒只会找到一具被烈火焚烧过的残骸。他们太渴望达成这点，所以肯定会信以为真。是里昂，将被烧得奄奄一息的我从湮灭的边缘救出。

这是一个奇迹。

我看着她曾经躺身的那片黑色泥土，直到现在我也不知道里昂在那天是如何做到的，我们也极少谈论那天的事情。里昂一点一滴地照顾着我的肢体和神经，带着我在不同的山洞中藏身——纳拉库特溶洞、拉斯柯洞穴、蓝洞、怀托摩洞穴、姆鲁洞、沙捞越洞窟、亚素尼生态区，这些地方都留下了我们的足迹。我们在求生的道路上艰难行进，默默地形成了一种神圣的纽带。我们一起开展着小规模的抵抗活动，实施孤立的爆炸行动，进行突袭以解救被抓捕的人类，争夺有限的资源，并且针对天素从事恐怖袭击。我们才刚刚开始自己的故事，按照我们所想象的情节，生存和行动才是唯一的主题。

我和里昂成了两个永远都在行动的女人。

为什么我们从没有点破呢？我应该永远都热情洋溢地感恩自己每天都有里昂陪在身边！悔恨将我的躯体吞噬，就像病毒正在摧毁着我的骨骼和肌肉。

我的脑海里只有里昂的名字，其他的词语对我毫无意义。

里昂。

我的肩膀摇摇晃晃，如同某种远超我体重的力量加之于上。我的哭泣歇斯底里，胸口起伏，像是要将肋骨折断，几乎停不下来。号啕之声从腹部经由双肋和脏腑直冲我那愚蠢的喉咙，从嘴巴宣泄而出，我甚至感觉不到这就是我发出的。这就好像是我在看悲情小说，又像是在和自己的身体、整个世界以及万事万物告别。

我重重地跌进泥土，将自己的身体像刚出生的婴儿一般蜷缩起来——没有别的方法能够形容我此时的状态。洞穴中隐秘的湖泊与溪流如今却暴露在外，成为一摊稀泥。我将头枕在垂死的大地上，嗅着蠕虫、岩石和湿土所散发出的气息。我一直知道所有人终将归为尘土，无论是谁，这可能就是我一直如此行事的原因。也许，我终究还需经历这一刻。我将大拇指放在嘴里啃咬，此前觉得已经经历过了最糟糕的自我厌恶时期，但是现在我却希望自己能化为尘土烟消云散。

从我这边能看到彼得发青的尸体。在已经离开人世时，成年人往往会展露出一些童年痕迹。他们的眼睛和脸颊附近的肌肉会变得松弛，如同刚出生时的婴孩。在我将自己蜷作一团时，我似乎看到童年时的弟弟正站在我的小床上端详着那个和他很像的女孩。

彼得口中的“记得”是什么意思，我要去“记得”什么呢?

我看着自己的双手，将它们举到鼻子前面闻了闻，是有一种童年的味道。这种感觉一半真实，一半虚无。

图像在我的视网膜中闪现。在里面，弟弟是一个距离我很远的男孩，童年的我手中拿着一块红石头，和他做着儿童游戏。我将拳头插进泥土，不断下推，直到稚嫩的手臂完全浸入泥土。我的手能感觉到一些或冷或热或二者兼具的东西，它们并非流体，但是可以如波浪般移动。我感到胳膊和手掌仿佛正在溶解，于是便丢掉了那块红色的石头。我听到弟弟在我的下方大喊，“这是一块岩石，红岩石，它是从地底下喷发出来的！”

这时我才明白他所说的意思。

有径流在地下运动。

难道这是彼得死前和我所说的事情吗？他的脸庞毫无生气，在我对面洞穴地面的那堆碎石中显得格外苍白。

仿佛依从肌肉记忆，我不假思索地将双手插进地面直至没到手腕，几乎要将它们压碎在泥土之中。我继续向下探寻，将手插得更深，直至肘部；我依然没有停止，深度达到肩膀，脸距离地面的泥土仅剩一英尺。我能嗅到这个星球上还活着的东西——甲虫、蠕虫和薯虫。我凝视着已经死去的弟弟以及里昂曾经躺身的那片黑色焦土，然后，我继续下探，直到将半个身体都埋入地下。我闭上眼睛，脸像动物般向土中拱着，嘴巴能尝到土地的腥气。额旁的蓝色光芒亮起，发出嗡嗡的响声，那首歌在我的颅腔中震荡，而这片坍塌至见光的山洞开始如痉挛的身体般抽搐。我的双手与臂膀开始燃烧——又或者像是在冻结？——一些事物或能量积聚到我的手臂之上，仿佛它已不是我身体的一部分。我感到泥土中有电流涌动，变得富有生气，而手臂也变成了别的什么东西，似乎是我的躯干长出的长卷须，像光线般直插大地深处。我将身体不断下进到土中，感觉看到千万束光芒在地下散射，像一条由火焰构成的奇特高速公路般纵横交错，将我的身体禁锢其中。我的脑袋向后仰起，嘴巴张开，下巴僵硬，淡橙色、靛蓝色以及红色的光芒从我的七窍及所有毛孔中射出。最终，一场巨大的爆炸将我掀到空中，随后又摔回地面，发出如动物躯体撞击泥土般的闷响，而我的胸部也咯吱作响。

一片寂静。

我睁开眼，看着这无声的世界，终于冷静了下来。我觉得自己不再孤单，除了死去的彼得和失踪的里昂，我发现这里现在出现了别的什么人。

有人在我旁边。

第二十章

“特林鸠罗·福赛思，你被控对一名臭名昭著的生态恐怖分子及国家公敌实施帮助与教唆——”

“你的母亲是个天真无邪的痔疮。所以，先生们，当你们使用‘国家’这个词的时候，到底指的是个什么玩意儿？你该不会指的是这个漂浮在地球轨道上的垃圾两轮牛车吧？你算个什么东西，有何资格来审判我？你这个满脑子糨糊的呆皮囊，为什么不老老实实躲进你阴道痕刻的褶皱里去呢？”

克莉丝汀的心在炸裂，再次为特林鸠罗而倾倒。毕竟，他成功地为自己赢得了一次公开审判的机会，而且从这次预审来看，他想把原告对自己的审判变成一次对那些施暴者的公开讨伐。

唾液在口里汇聚，她咽下一口唾沫，含住自己的腮帮肉。现在，她的身份是一名目击者，这个位置有些令她手足无措，但这也似乎给了她一个认识问题的全新角度。

在这个故事里，她的位置是怎样的？

恐惧慢慢地吞噬着她的勇气，她更加用力地咬了一下自己腮内侧的肉，品尝着血液中的金属腥味。她对自己说，振作起来，你是一个作家。但是当故事被人从手中窃走时作者又该怎么办呢？别惊慌，别泄气，要学会胜任任何角色。

克莉丝汀无法观察到房间中发生的所有事情，但感谢蜘蛛身上的微型摄像头，她能够大概地进行浏览，当然，她也可以听到里面发生了什么。让·德·摩从头部倾泻而下的痕刻尤为恐怖，隆起的肉芽如同旧时法国贵族的假发，延伸到遮盖有人造钩织锦缎的手臂上，而他身上的织物垂落至地板，在地上非常滑稽地拖行着。脸上痕刻的褶皱太深，将他的眼睛都遮蔽在内，只剩黑色的嘴巴恐怖地张开着，能看见里面近乎红色的粉色舌头以及一口奇奇怪怪的小黄牙。

她的特林鸠罗就在那儿，虽然被一队移动的哨兵绑缚看管着，依然在冷漠中透出卓尔不群。每次让·德·摩说话或作出手势时，特林鸠罗都会鄙夷地望向天花板、地板或自己的裆部——她非常肯定，如果他的手没被绑住，他一定会去挠自己的睾丸的。但是爱人两肩之间的胸部却让她的心脏发紧，因为那里是她替特林鸠罗创作的痕刻。不过现在应该改口说“曾经是”了，她花费了数个小时精雕细琢着故事情节，创作了一个只有他才能带去情趣的荷尔蒙之城。但现在看来，特林鸠罗对这个作品有了全新的诠释。他骄傲地挺起胸膛，收紧下巴，双肩后拢，仿佛在向这个漂浮在宇宙中的微世界宣示：曾经，肉体还是肉体。生活才是读懂你自己的源泉。在那个赞颂性爱的场所，她曾经在他的肉体上酣畅淋漓地书写着欲望。

蜘蛛向特林鸠罗的锁骨处靠近。

“我觉得你是铁了心要做个坏人了，”这是让·德·摩的声音，“好吧，让我们一起走走吧，我想给你看一些东西。”这个毫无感情的声音让她感到心惊，她看到让·德·摩的脸上露出一丝狰狞的微笑。

他们所进入的场所是克莉丝汀从来都未曾想象过的。她做梦也不会想到“天穹”里会有这样的存在。整个房间的内墙都以黑面砖镶砌，这使得它的轮廓非常难以辨识，于是她便把图像投射在自己房间的墙壁上——接下来所看见的一幕令她感到窒息，仿佛被一根骨头卡住了喉管。整个房间里全是被固定在台子上的女性，像是都被麻醉了：她们的眼睛闭合，面容放松，身体边缘布满了歪七扭八的割痕。每个人都被捆绑着仰面躺下，四肢伸展。看上去里面有6个人，也或者是7个。从她们青涩的身体痕刻来看，她们的年龄各不相同，但都不超过25岁，也没有人出身显贵阶层。她们被排成一圈，看上去像一个由人组成辐条的古代车轮。

“放大。”克莉丝汀命令道，她觉得有些不对劲。

她在每个女人岔开的双腿之间看到一些她一直铭记和渴求的东西，但眼前的场景也让她感到恐惧，如堕梦魇：一片殷红。鲜血，还有某种外科手术器械施加在每个人身上。这一景象难以名状，这些可怜女人们的腹部无一不是一道深长的切口，每个人都在经历着……一场实验、畸变、酷刑或者是其他什么东西？

头晕，她感到了头晕，抓住一张椅子的后背，努力让自己继续观察下去。然后，让·德·摩开口了。

“怎么样？你觉得如何？”

“你这头巨蛆！”特林鸠罗愤怒地咒骂。

“你可以重新考虑一下我的提议！”让·德·摩说。

当刚刚成年的我和特林鸠罗最初在“天穹”上生活时，他曾爱上了一个老头，这个教授当时是生物化学领域的领军人物。拥有前卫智慧的特林鸠罗与这个同样知识渊博、充满创造力的老人相得益彰。尽管面临重重禁忌，他们的爱情依然炽热，交织的灵魂接近燃点。在他们的事情被发现后，让·德·摩立即当着特林鸠罗的面将这个拥有人类历史上最为聪慧大脑的教授砍下了脑袋，而特林鸠罗当时正被绑缚在椅子上动弹不得。完事后，教授的头颅被放置在特林鸠罗的膝盖上，旁边则是一大队卫兵，他们接到命令，如果特林鸠罗胆敢移动一下，便接着将他也处死。正是这触目惊心的一幕令特林鸠在余生矢志不渝地进行着自己的抵抗。

“让我想想看。我是加入你这重塑人类繁衍的变态追寻，帮助你成为一个由一群不能生育与性交的蜡像组成的无性繁殖种群的上帝好呢，还是接受成千上万次愚钝而毫无想象力的酷刑，但可以看到你脸上戏剧般的失望表情好呢？”

“你不明白将遭受何等痛楚……”

特林鸩罗往地上吐了一口唾沫，“而你也不明白如何进行有组织的繁衍。”

克莉丝汀无法听到让·德·摩对于特林鸩罗的回击，只能听到特林鸩罗在放声大笑。笑声充满了整个房间，如同有人在地狱之门进行召唤，他以此作为对死敌的嘲讽。声音消散，克莉丝汀的房间投射出了特林鸩罗的体感状态，让她感受最深的便是他所拥有的那种冷漠而鲜明的意志——特林鸩罗无所畏惧，唯有怒火充满胸腔。特林鸩罗转动了一下肩膀，这使得她能够顺着他的视线看得非常清楚：那些是女性的身体，纯正的女性——应该是来自地球的幸存者——年龄介于青春期与刚成年之间。

不过还有一个比较特别。

这个女人要比其他人年龄大，身上没有痕刻，脸部粗糙，似乎经历过风雨的洗礼。她的下巴与其他人不同，似乎因为经常使用而使得那里的肌肉与肌腱更为发达。她身体上的肌肉结实而劳损，苍老的双手与她的年龄不很相称，皮肤不是白色，而是那种常年在露天和极端环境下奔波才能拥有的颜色。她头颅非常别致，富有人类头颅的美感。她的头上被仔细雕琢的刺青所覆盖，那里本应是痕刻的褶皱或至少是它们的开端。图案一直延伸到肩膀之下，这使得她的身体如同一卷光芒四射的乐谱。不过值得注意的是，她的一只耳朵不见了。

这个女人并非来自“天穹”，她是地球来客，但亦非普通俘虏。

特林鸠罗深吸一口凉气，屏住呼吸。此时克莉丝汀感到自己的整个房间似乎都将炸裂。

“嚯，看来你发现我们的新客人了，”重拾冷静的让·德·摩叫嚣道，“本来我还想向你介绍一下的，但看来你已经注意到她了，不是吗？当然，她还没察觉到你呢。别试图否认了，你真的以为对你处决的理由是你的那些可爱玩具和对社会的侵扰？别傻了，我们都不是小孩，而且这里也没儿童。”让·德·摩向着特林鸠罗走近，几乎脸贴着脸。“你明白了吧，我这么做是为了让贞德主动送上门。”他微笑时的血盆大口将整个脸一分为二。

克莉丝汀顿时感觉到无法抑制的绝望之情。

“当着我的面你还玩这些？”特林鸠罗回答，“你可要想好，对于我的这些发明创造，你可是什么都不懂呐。”他依然保持着冷静，如同只是在玩一局象棋。

“你的发明？不会是指那些低俗的色情论调和无用的奇技淫巧吧？”让·德·摩走得更近一些，“我会让你死，而且会一点点地折磨你，直到你无法忍受。我想这一定很合你的胃口。”

“而你这聒噪的肉团……会因为自己的罪孽在太阳的肛门化为灰烬。没错，我说的就是字面上的意思。还有，你是头没有脑子的蛆虫。”

让·德·摩狠狠地向特林鸠罗的脸上重击一拳，使他的脸因冲击而撞向一旁漆黑的墙壁。

不羁如初的特林鸠罗依然不停地咒骂着，呼喊声搅动着周围的空气。

克莉丝汀的房间仿佛也在震动和摇荡，闪光在她的眼前划过，一声巨响令她不禁捂住自己的耳朵。片刻后，一股奇怪的电流似乎在她的房间中蔓延游散，墙壁如同拥有生命一般产生了光亮、声响，甚至散发出气味；它们似乎正在移动，这时她才发现眼前的景象：几百条白色的小蝾螈不知借助什么手段实实在在地出现在了她的房间内。

它们是如小幽灵般面目可憎的生物，不停地蠕动着，但当它们显示出自己的真实意图时，克莉丝汀便不再觉得它们讨厌了。在一个小时或更长的时间里，她目睹着这些小东西有条不紊地将自己搭建成某种架构：一种格子或网络，看上去相当美丽。当它们“完工”时，便一起开始颤抖。克莉丝汀并不知道会发生什么，直到房间内的灯光开始变得晦暗。此时，这张网络已经变成了一个屏幕，通讯模块开始发光发亮。随着眼睛慢慢开始适应，她逐渐看出屏幕上正在显示着的内容。

那是特林鸠罗的脸部、颈部和肩部。

不像她之前所见到的样子，皮开肉绽的特林鸠罗全身鲜血淋漓。她能看见他的眼窝，还有像是鼻子、嘴巴的地方，但是原本的面容已是一片模糊。

“好好看看——这个禽兽！”诅咒从特林鸠罗的“嘴洞”中发出，虽然声音是他的无疑，却宛若出自其他地方，如同死亡之颅在和她对话。

“我的爱人！”这是她能说的全部语言。

“不要绝望。我的皮肤原本就不属于我。”他低声呢喃。

她的肩膀剧烈抖动，双手捂住脸庞，终于知道她眼前的是怎样一番景象：特林鸠罗惨遭剥皮，被割下身上所有的痕刻。这是一种公开羞辱的方式，虽不常见，但是确实发生了。只要特林鸠罗还活着，就得带着这一身耻辱示众；同时，他的这番形象肯定会在整个“天穹”的所有大厅、房间和虚拟环境中播放。

“虽然我不能看见你，”特林鸠罗继续说，“因为这不是双向视频，但我能触及你，听到你，感觉到你呼吸的起伏。比如说，我能感觉到你现在就要落泪了。我不允许你哭泣，你这个泪眼婆娑的笋瓜！”

她微笑着，强忍住泪水。

“是的，这样才对啊。”他隔空对她说。

克莉丝汀蹲坐在地上，注视着屏幕中的特林鸠罗，她无法想象失去他后生活将如何继续。

“我真的希望‘世界够大，时间还多’，可是时间很短，可要告诉你的太多。哈，先跟你说说那个暴君让·德·摩吧，他已经完全失控了。你看看我的新……造型，他是想创造出一只血鹰——”

“什么？”

“血鹰是一种刑罚，源自古代的北欧传说，把受刑人的肋骨从脊柱处切断，然后将折断的肋骨施展开，这样看上去就像是鲜血淋漓的鹰翼，再把肺脏从伤口处拉出放在受刑人的后背上，还要把盐粒撒在伤口上——”

“特林鸠罗！他对你做了这些吗？我要把这个畜生的喉管割断！我要把他的头骨烧成灰，还要……”

“镇静，你这只鲜美的小贝，他只是剥去了我的皮肤表层，我的性命无忧。但正如他们说的，我遭受到了巨大的痛苦。幸运的是，我可是经常承受痛楚的人，而你也是这样的人。有些跑题了。”他略作停顿，“天哪，让·德·摩已经完全疯了，有着一种格外针对性别的施虐倾向。这……”特林鸠罗通过手势来代替自己的面部表情。“这没什么，重要的是他醉心于某种充满荒诞色彩的实验，他……”特林鸠罗闭上了自己的眼睛，“他把女人们像鱼一样切开，想要创造生殖系统。上帝啊，他对这些可怜女人做的事，简直……好吧，上帝是不存在的……”

她手脚冰凉，努力吞咽下唾沫，但胃中已是翻江倒海，而且感到双腿之间的部位正在发疼。

“不要去想象这个画面，天啊，你一定不要去想。”

“那里有多少人？”她问。

“从我们进入‘天穹’时算起吗？这我不知道，太多了，数量太多了。各种年龄，各种可怕的……进化状态，她们都被连接到所谓的医学仪器上，这是我所经历过的最为毛骨悚然的景象之一，尽管我算得上见多识广了。”

很显然，让·德·摩想要对她们进行“繁育”——不是经由两个不同性别的人进行神圣或亵渎的老式爱欲，而是要将“女人”变成一个永不停歇的生育工具，强制她们的身体进行有性繁殖。克莉丝汀想起她小时候曾看过的关于对家猪施加人工刺激的一部电影，里面描述了丹麦农民将他们的母猪连接到机器上，利用五点刺激装置以唤起它们的性高潮，这样每只猪就可以生产出更多的猪崽儿，在榨干母猪生殖能力后再把它们送进屠宰场……

她不希望特林鸠罗说的都是真的。“天穹”上的人都知道冷冻精子和卵子也和他们一起来到了这个新世界，然而历经努力却没有合适的“地方”来将它们融合。他们试图在人工环境下对动物进行授精、受孕和妊娠，但一次次的实验都失败了，直到不再有动物可供实验；而在克隆生物中所进行的实验最后也归于变异、死亡或疾病；他们甚至想像种植农作物那样来制造生命，但一切都行不通。

“如果你能忍受，我还可以告诉你更多，”特林鸠罗继续讲着：“他注意到一个解决自己问题的特别手段，一个比生命更为宏观的方案，一种能够应用于所有生命的人类导管。之前他曾竭力想要杀死的人，因为某种遗传学上的恩典能够使身体、生殖系统乃至头发都完好无缺，而这个人现在也安然无恙。

“好了，让我们快点把这个故事讲完。他们打算在这个周末之前处理掉我，时光正在像马儿一样飞奔而去啊！然而你还记得马这种动物吗？就连诗人这种玩意儿都没了……”他畅快地大笑起来，空间中回荡着一丝苍凉。“他想以后永远都将贞德当成他的奴隶，利用她来繁衍我们这个荒谬的种族——如果现在的我们还称得上一个物种的话。不过让·德·摩还没发现贞德身体不仅仅是个了不得的生育机器，对于地球而言，她比人类历史上的任何人都更珍稀。妈的，没时间讲得更仔细了——我只能言尽于此。克莉丝汀，贞德是最珍贵的生育者，如果她能意识到这点，就会拥有重建整个星球以及地球与太阳关系的能力。她可以让她杀死的这个星球起死回生。”

“她杀死的星球？”克莉丝汀重复着这句话，发现自己把胳膊捏得太紧，都在上面留下了红色指印。好吧，终于明白了。她的怀疑得到了证实。也许在内心深处她一直都知道，但现在总算被点透了。

“噢，亲爱的，毁灭和创造之间的界限总是比阴囊上的皮肤还要薄。我得走了，他们快来了，我和恶魔们有个……夜宴。但我们还有更着急的事情要讨论。他们正想办法引诱贞德前来。每晚我都会像这样跟你联系的，直到我力不能及。再会，亲爱的！”特林鸠罗轻吻了一下自己被绑缚住的手，然后将吻吹向克莉丝汀，而地板上的“显示装置”便缓慢而优雅地自我拆解了。

“变暗。”克莉丝汀发出指令，声音沧桑而茫然。整个房间顿时黑了下来。她仰倒在地板上，闭上双眼，分开四肢，试图按照特林鸠罗的描述来想象那些女人所遭遇的酷刑是怎样的——身体强行切开一道豁口，人造器官被移植其中以模拟生殖系统。她想象着特林鸠罗现在的样子，这让她的小腹和现在已是一片荒芜而光滑的下体燃起一团火焰。她现在的生殖系统还剩下些什么呢？她的体内已是一片萎缩和凋零，伴随着功能失调。她之所以知道是因为看过X光片。“天穹”上的人们只知道蜷缩成鄙劣之物，用痕刻来装饰自己的皮囊，以此来证明自己生机尚存，尚未化为虚无……他们是如何靠着这些将自己的生命延续至今的呢？可爱而又令人憎恶的死神。

特林鸠罗，被剥皮的他像是一只可怜的猫咪。

我们已经成为符号了，她想——成为之前自己仅存的符号，被剥夺了对自己的人生进行规划与行动的权利。

她的思想变得扭曲。爱对我们意味着什么呢？爱并不是那些我们所听到的故事，虽然我们非常希望能将它留住——爱是那些童话和传说，是流畅的弹道，是那些我们在征服阻碍中所展现的欲望，是那些破碎的心脏，是那些失去的爱、寂寞的爱、破碎的爱和赢得的爱，是那个在经历一次来之不易，几乎不可能的吻后重生归来的世界；爱也是对上帝、国家和他人的爱，是色情之爱、家庭之爱、母亲对孩子的爱、柏拉图式的爱以及兄弟之爱，是同性之爱和其他爱的衍生；禁忌之爱也是爱。爱是身体上的线条，是幸福而欢快的年轻夫妇以及有效婚姻旁的秘密花园，能够带来健康的后代。

爱，难以名状。

为什么你不能真实一点呢？

爱，没有消失，只是我们拙劣的语言未能将其表述清晰。我们太想拥有它，想要把它占有和掌控。

爱原本就不是简简单单的电子脉冲或物理能量，它不是不起眼的存在，它就像地球的心跳或脉动以及大地电流，不是微不足道的事情。爱是生命本身，不管是宇宙、太空中的生命还是如原子一般渺小的生命。但我们将爱限定于自己或自己与他人之间，要将爱独享。是我们把爱变得渺小而私密，以至于让我们无视其他生命。我们把爱仅仅变成了一个单词、一个故事，然后将它当作关心自己胜过呵护地球其他生灵的理由。对于我们而言，爱的理由比爱本身更重要。

日月星辰原本就并非为我们而存在——我们亦非夜空璀璨的缘由。

我们，就是星辰。

我们创作了与天空有关的爱情故事，所以可以麻痹自己，让自己觉得浩渺星空没有那么的无边无际，也不会让人类显得那么的无足轻重。

根据特林鸠罗所言，贞德要比我们更重要一些。

克莉丝汀脱掉衣服，抚摸着每一寸可以触及的身体。她不断阅读着身上的痕刻，用手；她也通过拍打着某些部分以释放感情，甚至有时会流下眼泪。然而她并不孤单，现在的克莉丝汀已经成为贞德故事的一部分，而贞德也成为她的故事的一部分。世界，从没有如此统一。

第二十一章

我没有死。我看到我的上方隐约有什么东西在靠近，好像是某个人的下巴和咽喉。我的前额和太阳穴被抹上了清凉的油脂，闻上去像是薰衣草和鼠尾草的味道。“里昂？”我借助手势低语。

一个人影向后稍作倾斜，哦，这可不是里昂，也不可能是里昂，因为这是个年轻的成年人——十六七岁的样子，正在倒退着看我。她没有头发，皮肤如海水般蔚蓝，黑色眼眸。我努力眨着眼睛，把瞳孔聚焦。视线清晰后，我发现她的皮肤依然是蓝白色。我扫视着周围的环境，发现我们正在一个山洞中，但不是之前那个地方。更远处有一堆不大不小的篝火正在燃烧，萤火虫发出的光芒映亮了洞穴的岩壁，洞壁的影子优雅地交织在一起。

“我是尼克斯。”这个皮肤有些奇怪的人开口了，继续把油膏涂抹在我的前额。

“是指月亮或者女神的那个‘尼克斯’吗？”我不自觉地搜索着记忆。不管需不需要，我的大脑总是会不受控制地检索数据，这可能是在所有书籍、建筑、数据库或其他知识集全部灭失的情况下一个生存专家的职业病。

“仅仅是尼克斯而已，没有其他含义。”

她把身体靠近，在我额头上蓝光所在的地方擦拭着，动作比低声细语更轻柔，我能看见她肩膀之间的痕刻。有些可笑，在尼克斯起身时，我竟然看到自己的名字浮凸在她的身体上。

虽然肘部有些发疼，但我依然用它们支撑身体坐了起来，开始仔细研究这个人的身体和面容。她的臂膀开阔有力，灯笼型的下巴比较男性化，脖颈厚实但颧骨与眉毛却透出一种温柔、镇定与和善。她指头纤长，手掌柔软，像是属于一个艺术家——当然这个想法很愚蠢，她显然是一名年轻的战士。她那温柔的触摸说明她是一个守护者。现在还说不清尼克斯是一个侧重男性特性的男孩还是一个偏向女性气质的女孩。另外，我对她皮肤的好奇超出了对她性别的关注——她的皮肤为何会呈现出月亮般的色彩？难道尼克斯病了吗，还是外星人或者发生了变异？她是敌是友还是属于其他什么势力？当几十年没见过多少人类时，你会觉得所有事情都存有可能。

“没错。”尼克斯说。像护士一样温柔而训练有素地检查着我的脉搏。

“你说什么？”我心里一顿。

“我能‘听’到你心里想的每一个字。”尼克斯放下我的手腕，站起来走向那团篝火，用手将它扑灭。我们的周围依然有光，萤火虫驻足的洞壁和它们所到之处都发出幽幽鬼火般的蓝光，将洞顶映照得像是在略微抖动，折射出蓝绿色的光晕。尼克斯抱着胳膊站立着。“但是你所想到的那些问题都不重要。”

难道你是我的幻觉吗？我紧盯着尼克斯，继续着这种荒诞的传心术。像你这样的人还有很多吗？我想着。

没有回应，我想我是个笨蛋。

“你最好马上站起来走动一下，”尼克斯岔开话题，“你需要尽快调整好能量在身体与大地之间的平衡。我们前方的道路还很艰辛。”

“等下。”我连忙打断她，试图将身体站起来。我的脑袋摇摇摆摆，双腿一点力气也没有。“我有问题要问你，好多问题……”我的眼前一阵眩晕。

“你是不是觉得眼前有些震荡？”尼克斯问，她正走向离她最近的那片岩壁。

“这是为什么？”

尼克斯将手放在我正前方的岩壁上，我能感到地面正在通过我的脚踝、小腿、脊椎和肩膀，骨骼重新支撑起我的身体。“把你的注意力放在这堵墙上，”尼克斯指引着我，“另外我也不是你的幻觉，地球上还有很多人类，我们的数量成千上万，力量与能力也各不相同，但我是唯一一个能在两个世界中穿行的人。在我们里面，还有极少的人拥有你我这般的能力。”

两个世界？我猛地将身体站立起来，这令我的大脑有些悸动和眩晕。我的心脏怦怦怦怦直跳。“你知道怎么去‘天穹’吗？”如果里昂还活着，那么她很有可能会被带到那里，不知道她所说的是否有可行性。尼克斯没有作答。“听着，”我鼓起勇气，像已灭绝的新生瞪羚一样面朝尼克斯踉踉跄跄地冲去，“我需要你把我带到那儿……”但是尼克斯躲开了我，我能感到两人之间的空气挤压着我的胸膛，阻止我继续前进。

“把注意力集中在墙上。”尼克斯命令道，向着洞穴那堵有些倾斜的岩壁举手示意。

我扭着自己昏昏沉沉的脑袋看着那里。“为什么？这就是一堵墙啊。”我不耐烦地发出自己的质问，却发现事实并非如此。

一开始，墙壁的颜色逐渐从暗棕色过渡到琥珀色，最后又变成了天蓝色。终于，墙壁开始液化，闪耀着光芒，在我们的面前变得有些荡漾，之前的固体形态完全消失。尼克斯起身径直走入，身形在里面逐渐变得模糊。但是，还不到一分钟，那面墙壁又恢复到以前那种无法逾越的状态。

墙上什么都没有。

只有岩石，厚厚的岩石。

“好吧，你引起了我的注意，”我喊道，山洞中回荡着我的声音，“这是什么？”回应我的只有回音。我走近洞壁，将手放在上面，发现它依旧是固态。“尼克斯？”又是一阵寂静，我只看到洞穴深处的幽暗。

然后传来了尼克斯的声音："请你慢一点移动，你还不是完全的活人。"

你还不是完全的活人？这句话什么意思呢？

我现在感到脑袋轻飘飘的，似乎它要抛下我的脖子飘到天上去。恍惚间我身子一斜歪倒了，脸贴地面，泥土进嘴，几乎昏厥过去。

"好好看着。"尼克斯的声音再次响起。

我一动不动，但是再次紧盯着墙面，它正随着斑斓光影而舞动，如同此前篝火的投影还留在上面。

"把你的手放进墙里。"尼克斯说。

好吧，也许我应该相信一个蓝绿色外星人的缥缈之音。我挣扎起身，走向那片岩壁并将双手放在上面。墙体是流质的，我把手浸没在里面。伴随着嗡嗡作响的电流，手掌边缘发出爆裂之声。在岩体的另一边，我的胳膊感到一阵巨大的拉力——这种力量不是来自他人，而是与离心力有些相似。慢慢地，墙壁开始弯曲变形，我的整个肩膀都没入其中，而岩壁也变成如鲍鱼壳般五色斑斓的屏幕，像一个3D画面一样将我快速吞噬。当这一切都结束后，我发现身处一个房间之中，里面的东西都是我从未见到过的。

这里有一个女孩。

看起来我独自一人站在一个儿童房中，眼前是一个有着白色头发的女孩。这个房间有三面墙壁已经被彻底炸塌，而且还没有天花板，地板上满是粉尘、瓦砾和污垢，木条、树叶、石块等四处散落，还能看到破碎的毛绒动物玩具和童鞋。有些碎片似乎属于简易化学实验器具，床上凌乱不堪，只有脏兮兮的床垫还能分辨。不知为什么，一张小书桌倒是安然无恙，方方正正地摆在窗户的残构前。

“窗子。”小女孩用法语说，指向原本是窗户所在的地方。

“你叫什么名字啊？”我壮壮胆子。我根本不知道我们正身处什么地方，也不知道眼前的一切是真实或者虚幻。

“尼克斯。”小女孩说，“我们得快点了，他们马上就会来到这儿。”

我向女孩走近一些，但她马上后撤了几步。“不要怕，”我说，“我不会伤害你的。”

女孩微微一笑，“这可真有趣。”她说，然后重新返回自己的书桌前。

“什么有趣啊？”

“每个人都死了。这点很有趣。”女孩端坐在桌前，打开桌面，从里面仔细地拿出纸和笔——这两样东西让我顷刻间受到冲击，这可算得上史前工艺品了。

“每个人？你指的谁？”我提出自己的问题。

女孩叹了口气，我能听出里面透出不耐烦。“我的姐姐、母亲和兄弟。就像你一样，我失去了他们，整个城镇也没有了。窗子。”女孩再次用法语说着“窗子”，朝着断壁残垣上窗户所在的位置点点头。

我走上那片“开阔之地”，向外望去。我明白了她的意思，这里就像我童年时生活的地方，也像我的家乡那样毁于战争——物是，人非。人、建筑物、动物、警笛声，天空被战斗机的炮火照亮，地面和其他空间充斥着各种响声，所有的事物都在燃烧，即将化为灰烬。有些人正在战斗，一些人在奔走逃命，还有的人只是静静地等待死亡。

“我的姐姐正在教我说话。每天她都会教我新的单词、数字，即便战争已经爆发她也还是每天都督促我阅读、数数和画画。我想，她这样做是为了分散我的注意力，让我们不放弃活下去的希望。当大灾难发生时，我的姐姐在我的眼前融化了。我知道，这当然是不可能的，但我的记忆确实如此。她就那样分解了，像化学实验里那样。但是，我却没有。”女孩专注地在纸上写写画画，突然她抬起头看着我，“你也没有！”她对我说。

“是的。”我表示承认。当双手接触大地的那一刻，我并不知道我会在大灾难中捡回一条性命。我当时一度认为，甚至有些希望自己和其他人一起回归物质的最初形态，而这个女孩可能也没有想到自己没有被烧死。

“我们都是激变者。”

这个词在我们之间的空气中驻留，就像分子一样，虽不可见，但也不能说不存在。激变者有些像神话般的生物或与夜空繁星一一对应的占星符号，这类人与物质和元素之间的联系程度甚至超出了他们与人类之间的关系。我不知道我身处何处，也不知道是在尼克斯想象出的梦境里还是跟随她回到了她真实的童年时光。我，什么都不知道。女孩仰着脖子向远方看了一会儿，我于是便问道："你在找什么呢？"

"他们马上就会来了。"女孩又重复了一遍之前我听说过的话。

我在这个空间踱步，不管这里是房间、梦境或是其他什么。我们周围的景观符合当下的情境而非以前的状况——失序的世界苍白而伤痕累累，太阳、月亮和大气层散发出一种遭受破坏的棕褐色光芒，似乎正在褪色，无树的地平线以及只剩泥土的丘陵，干涸的河床雕刻出杂乱无章的裂缝——一片废土。

"那里以前是一片森林，而那里，"女孩伸手指着，"是一片湖泊。附近有很多牛马和天鹅，其中有一只黑天鹅就像童话里所描述的那样。天鹅真的都是些随性的动物，但是我最怀念它们，也许是跟那些童话有关系吧。"

我重新走到书桌旁的小女孩身边。"是谁快来了？"我问道，猜想这里的自己到底是离危险更近了还是更远了，但我也很好奇自己是否还在意这些问题，毕竟现在能在这里享受到平静和稳定。

"男人，是男人。"女孩回答我。

“我知道了，他们有多少？”说实话，我也不知道自己这个问题的意义何在。

“几千个，”女孩又说，“一个军队。”

我还记得男人的样子，但已经不记得有多长时间没见到一整群男人了，想到这里，弟弟留在这个世界的身体又在我眼前短暂地浮现。我的胸膛感到一阵绞痛，肩膀和脊柱也有一些紧张，我意识到此地不能久留。“你在画什么呢？是关于战争和那群由男人组成的军队吗？”

女孩抬起头皱着眉看着我，如同我是个傻瓜或者精神有问题。“真正的男人正在降临，”她说，“尽管他们那时还只是些男孩……”她的表情有些放松，“是我救了他们。”头发在我的胳膊上拂动，如同一小片森林在迎风起舞，让我感到一些刺痒。

“救了他们？为何而救呢？”我问。

女孩将笔放下，拿起那幅美妙的画纸，将它递到我的手中。“这是给你的。”她的声音低沉，和她的年龄不很相符。

我看了看这张纸，女孩在这上面画了一幅复杂的地图。

“这是你的了，”她再次开口，“这是找到里昂的路。”

地图的中间有个名字：克莉丝汀。

第二十二章

克莉丝汀检阅着她的队员。他们的皮肤紧致而不松弛，就是年轻人的样子。但是这些年轻人以后会怎样呢，毕竟对“天穹”公民而言，未来只是浮云与泡影。他们像垂死的星星一样闪烁，伪装着自己的光芒，用瀑布般的痕刻把身体装饰得花里胡哨，以此显示自己存在的意义。他们把自己的人生编成可笑的故事，像佩戴披风与头饰般将它们纹刻到自己的身体之上。但是，究其本质，他们不过是些不断风干的枯骨和一堆只有50年保质期的肉团。

每个队员都穿戴有一条不同颜色的丝质长袍——这是她想出来的主意——深蓝和勃艮第红、黑和紫，以及茂密森林的深绿色，或者说是她记忆中大森林的颜色。她这些年都没见过如此多的颜色了。

当然，如果时机来临，他们将会一丝不挂，将新鲜还带着刺痛的痕刻创作光芒璀璨而鲜活地展示在大家面前——可以这么说，他们会为大家带来一些最接近于人类的东西。毁坏、苍白、伤痕与坚定，他们会以自己的整个身体演绎一部史诗。这部戏剧近乎希腊风格，在它的高潮来临时，他们会行动起来杀死尽可能多的“天穹”公民，用一场屠杀来解放他们的目标。

对于尼克斯而言，她被要求执行一场特殊任务：找到贞德并带她上来，但这次的行刑将不会以她为对象。

她给每个人一条透明导线，让他们缠绕在各自的前臂与手腕上。划破成年“天穹”公民的脖子非常简单，他们的皮肤从未经过外部气候的吹晒，在覆盖一层层的痕刻后变得柔软而娇嫩，肉体的疼痛感也变得迟钝。因此，克莉丝汀和她的军队可以像切蛋糕一样轻松地将他们切开。

计划如何在特林鸠罗那边开展让她感到头疼和紧张，克莉丝汀的脑海中总是浮现出他被剥皮后的头颅与躯干——鲜红的血肉渗滴着液体，肌腱和蓝色的静动脉清晰可见，眼球涨鼓，大嘴张开，整个身体如同被从里向外翻转出来。但是她坚定不移地相信，特林鸠罗那边一定会进展顺利。

他借助蝾螈传递给出一段独白。

告别光与呼吸——这是勇气：

尝试偶然地迷失在空间，

而非执着于片刻时光，

或无休止的争斗，

直至归于尘土。离开，沦陷——

无光，至暗——心甘情愿地陷入星尘。
心跳和支撑起沉沉赘肉的骨架消失，
还有贫瘠的皮肤。多么好的组合。
畅快地表达欲望，像分子回归太空。
不再坚持——或可进化：是的，这才是精髓。
螺旋上升，以终为始。
让我们假装逃脱死亡的宿命，
再等等看。可能还有暗物质与不为人知的事物，
保持开放，不断求知。
张开海绵般的嘴巴，曝光出恐惧之外的恐惧：
或许，死亡只是幻象。
且慢，
圣洁的克莉丝汀！——女神，在你的祈祷中，
莫忘替我忏悔罪孽。

他真是个蹩脚的诗人。但她马上记住了他的诗句，也知道他是从哪儿“改编”而来的。这可确实是一首愚蠢而即兴的短诗，对不起被“借鉴”的原作。

蝾螈解散，伤痕累累的特林鸠罗消失不见，只留下他送上的吻别。

但她有了其他主意。

队员正在等待进一步的指令，看着他们，克莉丝汀热泪盈眶，

几乎无法抑制大海般汹涌的泪水。不，她绝不会轻易地放弃特林鸠罗，任由他灭失在浩瀚的宇宙之中。她要轰轰烈烈地大干一场，让文学史如潮汐般前进。

她爱特林鸠罗，至死方休，那时他们的灵魂便可以在太空中永远相伴。

“让我们来一场好戏吧！”她向队员们宣布。不知道表情麻木的他们是否注意到她嗓音的颤抖，也不知道他们是否意识到历史进程的晦暗冗杂。

第二十三章

当“里昂”这个词说出来，伴随着足以震裂空间的山呼海啸之声，梦中女孩的房间旋即涌入一股泪流。我的头颅仿佛正被撕裂。在我的记忆中，能和这种力量相匹敌的只有天索开放时的暴虐，但这又怎么可能呢？莫不是尼克斯将我传送到既不是地球、也不是太空的其他地方了吧？或者连现实都算不上。这股力量扑面袭来之后，周围是一片沉寂与空无，我发现自己回到了那个只有泥土和岩壁的幽暗山洞。我的眼睛适应着环境，精神亢奋，手中却攥着那张地图。

“现在你总该再次现身了吧，”我对着空气大喊，“尼克斯！”

“大地电流，”尼克斯回答，她正站在我的身后，以世界上最为稀松平常的心境，仿佛我们之间什么事情也没有发生过，“再配合上你的意念，让我们用这种方式来一次旅行。”

听到她这种毫无感情的声音，我的心头燃起一股怒火，霎时涨满了胸腔。满含着对人生的失意，我从腿侧抽出匕首，一个箭步将尼克斯抓到身边，将刀刃架在了她的脖子上。

隔着匕首，我能看到尼克斯的喉管在轻轻地抖动，她正在缓缓地吞咽，额头上的血管如溪流般倾泻而跳跃。当再次开口时，她的语调依然流畅，甚至执拗地昂着头，可谓相当冷静。我觉得她真的很是讨厌。

“死亡，”尼克斯低沉着声音，“总是绕不开死亡。如果说人类存在以来有什么致命短板的话，那就是非要执着地把死亡当作人生的终结。死亡？你觉得死亡对我还有什么意义吗？在你杀死我之前，我先来告诉你一个故事。”

我把匕首向尼克斯的脖子靠近，锋利的刀刃在她的皮肤上压出一道血痕。

身体丝毫没有移动，尼克斯继续讲述着：“这么多年来我们一直将你奉为神灵——还有你的传说。即便你要杀掉我，总该看在这个分儿上让我讲讲自己的故事吧？”

这很公道，我不再那么紧抓着尼克斯，刀锋也稍微前移，但依然保持着原来的姿态。尼克斯毫不在意，继续着自己的演讲。

“我想你和让·德·摩是老相识了吧？可你知道他正在进行的生物合成实验吗？”这句话给我们两人带来了长久的沉默，潮湿而黑暗的空气似乎正在呼吸。“我想你不知道，也没有其他人知道。也许你会说我是让·德·摩的人，不过先让我对自己的身份稍作证明。”

尼克斯把自己的喉咙用力抵住匕首的刀刃，力度一点点地放松，直到我俩面对面地站在一起。对此，我没有拒绝，而一道细小的鲜血则顺着她的颈部流下。尼克斯小心翼翼地脱下身上的金属裙装，将腿、臀、腰部和躯干露出，随着每颗扣子的解开，我感到自己的呼吸越来越紧张。我不知道这是什么原因，作为一名经过战争考验的老兵，我努力使自己保持正常呼吸，但是眼前的一切却令我做不到这一点。

随着解下的金属外衣剥落在地，尼克斯海蓝色的皮肤变得更加灵动，几乎像一幅画布。我目不转睛地看着她双腿与臀之间的位置——无论我们承认与否，人类总是会被与性有关的事物所吸引，这是无法抑制的冲动。我发现在那个曾经彰显性征的地方，有一个畸形的阴茎——看来某人正试图重建这个复杂的器官。它就像一个弯弯扭扭的半截蠕虫，顶端有些畸形。然而这还不是全部，靠近阴茎的部分是一个部分缝合的半丌放豁口，从尼克斯的双腿中央一直延伸到右侧髋骨处，缝合得粗糙而丑陋，看上去是对打造生殖器的又一次拙劣尝试。我的大脑想将我的视线从眼前景象中移开，身体却不受控制，我根本没办法不看。

“没错，看看吧，我就像是个畸形的阴阳人。也许我的‘造物主’还没想好应该赐予我何种性别——男还是女。让·德·摩恰好想把两者放到一起试试，于是面对着我这么一个完美的解剖对象，他像切肉一样把我开肠破肚。”

尼克斯的双腿分得更开，这令我有些脸红。

“那时我12岁，刚刚度过我的少女时代数年——你看过我童年时的样子，就在刚才。当你在混战中度过青年时代时，我们中的一些人成为非人道实验的对象。我不是生来就是这个模样的，我之前拥有一个地球孩童的身体，虽然我几乎记不清之前的样子了。”

尼克斯用手触摸了下刀刃在脖颈上留下的血痕，放在口中吸吮着。这时我忽然觉得尝到了铜的味道，但是尼克斯继续着她的故事。

“我逃出生天，加入了抵抗活动，但这并不是为了你，也没有以你为旗帜。抵抗仅仅是为了生存与复仇——为了身体，我的身体！当权力将魔爪伸向人类繁衍时会发生什么呢？我想，成为一个怪物的我就是最好的证据。但这还不是最糟糕的部分，身体仅仅是躯壳而已，你知道吗？我们的人生还有更为深刻的东西，你知道那是什么吗？”

我不知道，我怎么会知道呢？我张开嘴，但是一个字也说不出来。

“是爱啊！”尼克斯说。

我的胸腔收紧了，这个词似乎像是把老虎钳。

“在让·德·摩对我干了这一切之前，我深爱着人们。我知道爱意味着什么。”尼克斯盯着地面。

那么我又知道吗？

尼克斯绕着我缓缓地踱着步，“我爱我的父亲，但他却在离我不到一英尺的地方被射中了脑袋。我也爱我的母亲，”尼克斯抚摸着我的肩膀，让我可以用与她一样的速率跟随她旋转，“可她却当着我的面被剥去衣服，他们将她开膛破肚，从喉咙直到裆部。”尼克斯用手上下比量着伤口在躯体的长度，“让·德·摩告诉我这是教育的一部分，可以将我引向不朽的未来，是人类对于跨越进化局限的自我心声。我曾陷入某种恐惧与疯癫，双膝跪下，祈求射入父亲头颅中的子弹能够转而射进我的脑袋；我也想在母亲的残骸中爬行，然后在她的尸体里死去。然而让·德·摩将一把匕首塞进我的手，又将另一把匕首压在我的头骨上，他逼我杀死和我一样大的女孩，不然他就杀死我。我别无选择。然后是下一个，一个接着一个。我陷入了对恐惧的麻木之中。”

“我的上帝。”我的嗓音吓到了我。

“不，”尼克斯回答，“如果说有什么真理，那么它一定会告诉我们上帝仅仅是个传说。让我感到困惑的是，为什么我们令如此多的野蛮领袖崛起在上帝的脚下？”她抬起头看看天花板，看上去就是在祷告，但我知道她的用意——人类头上的一切都是残酷而破碎的。

“他说他需要解剖材料，每次用刀杀死女孩时他都会为我喝彩。”我盯着尼克斯的瞳孔，想要在其中找到一丁点的表情，但尼克斯冰冷地回看着我。“虽然已经麻木，但我发誓不只要杀死让·德·摩，我还要干掉所有靠汲取权力而苟活的人——这几乎是所有人。”尼克斯走近我，目光似乎能将我穿透。“你之所以还活着是因为我还没想好你是什么样的人。救世主死了，上帝死了，而你，究竟是权力还是爱情的代言人？这是一个简单的判断，我必须作出选择。”

就这样，同等的仇恨与愤怒夹在两人之间，如同童年时的我们所化成的鬼魂。

尼克斯抽动着身体，似乎与故事发生着共鸣。“把那些男孩藏起来的时候我的年龄还不大，”她继续说，“但是那时的我知识储备已经很丰富。”

我目光飘忽，尼克斯的故事让我不由自主地产生了怜悯之情。人体的皮肤，呼吸的大气，以及发生在太空中的爆炸都有着自己的层次，与之类似，酷刑所触及的深度也不同。酷刑所能达到的最高等级远远超越痛苦，是对于身份认同、自我意识以及灵魂的摧残。伤痕累累的身体只是对无形的更深层次挣扎的象征。这种挣扎才是重点，其不仅限于意识，而是对与他人相关联的自我所产生的巨大怜悯之情。施虐者企图扼杀这种对同理心的渴求，甚至想彻底抹杀它产生的基础，被施虐的身体象征着新生的对立面。不同于求生的意志和与他人建立联系的需求，总有一种人充满了对死亡和弥留的残暴渴望。

当酷刑得逞，某些人便得偿所愿。

尼克斯的身体告诉我，施加在她身上的酷刑并未得逞。

“哪些男孩？”我试探着问。

我脸上的灼痕刺痒，尼克斯正在盯着它们。我走向她，直到两人足可互相拥抱，而这时我看到了一些东西：在尼克斯的手臂和躯干上，还有一些由伤疤雕刻出的奇观。

肌肤上面有些单词像浮雕一样微微隆起，她的整个身体都被覆盖其中——微小的疤刻词语，像骨茬一样洁白。我没有看错，我的名字在上面出现了不止一次。光线太过晦暗，没有办法仔细阅读，我禁不住想靠得更近。尼克斯的皮肤就在我们两人之间，如同已逝的信念，我向那里伸出了手，而尼克斯却冷冷地将我的手推到一边。

不过我已经可以更清楚地看到这些痕刻，能够阅读上面的一两行。它们是句子，更准确地来说是一些段落。看着她的脖子与肩部以及没有乳房的胸部和躯干，我的心跳和呼吸在胸腔中停滞了。一阵微弱的电流从我的耳边向前额流淌，我认出了刻在尼克斯身上的那些词语。

尼克斯重新穿戴起了她的金属衣衫，比脱下它们时更谨慎。我尴尬地发现自己的泪花充满了眼眶的各个角落。尼克斯重新来到我身边，握着我的手将匕首再次架到她的脖子上，准备领受自己的生与死，像过去一样。“现在告诉我你是谁！”她问。

我不知道为何还将尼克斯擒在手中，但我还是这么做了。

“那份地图，”我问，“是真的吗？我能找到里昂吗？克莉丝汀又是谁？”

“你还记得你是谁吗？”尼克斯重复着自己的问题。

我的喉咙空空，脑袋里一片茫然。

“不，我不知道。”我悄悄说道，而这个有着太多问题的陌生人反手又将我拥入怀中。

“让我来告诉你。你，是激变者。”

我没有动。

“你介于人类与物质之间，是一种难以界定的存在。”

第二十四章

尼克斯把这称为“跃动”。

这就是我们正在运用的旅行方式。不知为何，我想到了伽利略，童年的我曾经非常痴迷于他。我曾暗自希望他是我的爷爷。尼克斯想要训练我，使我能够驾驭随处皆有的能量进行移动，“这样可以对你进行增压充能。”她是这样说的，于是我感觉自己像块人肉电池。

“跃动”可以令我们在地球上实现“蛙跳”，尼克斯希望我能够学会控制自身能量，她还说我们需要进行的旅程很长。根据我的理解，我和尼克斯会一起驾驭大地电流，我们最大限度地牢牢聚合在一起，其紧密程度应该是我未曾体验过的，即便是情人缠绵在一起的身体也无法比拟这种结合（我确实也不知道。我唯一一次放纵自己欲望的时候差点把里昂杀死）。我们两人聚合起的能量将使我们失去物质形态，让我们在尼克斯指定的任何地点再次出现。我和弟弟以前玩红石头时所遇到的那件怪事便是“跃动”。

我对里昂的未来很是担忧，泪水似乎要将我的身体撕开。如果我无法掌握这种旅行方式，我确信里昂会死。尼克斯知道这一点，于是用它来当诱饵。我不认为尼克斯在乎里昂的死活，她想要的只是复仇。同时，她认为复仇是重归爱的必由之路，然而她所说的“爱”是谁的？又是在哪里呢？我实在是太想找到里昂了，焦虑得都能把自己的腮帮肉嚼烂。

我们利用我和里昂曾居住过的那些地下洞穴以及其他岩洞藏身，有时会发现有些地方有别人到过的痕迹，但也许这只是大战爆发前普通来客所留下的，毕竟两者难以区分。我们发现了不少东西——遗弃很久的火坑、骨头碎屑、岩画；用于杀戮的武器、车辆或机械的金属残骸；灌溉系统的存留、土坯结构、照明与电力系统，败落的地下花园；变质食物或辐照物品的储存点；被灼烧过的人类骨骸——要么堆积如山，要么零散疏落，似乎某些跨越版块而来的大型食肉鸟曾对它们做过难以名状之事。还有一次我们发现了一辆闲置一旁的双人自行车，红色，放倒在地，但辐条完整。不知为何，这辆车让我有些感慨，提醒着我人类总是渴望其他人的陪伴，这让我心中的旧伤又隐隐作痛。长久以来，看到过这么多人类留下的痕迹，我总是认为其中大部分人已不在人世，然而如果彼得所言非虚，那将是何等的震撼——有一整群的人类存活在这个世界上……但是如果不去寻找，那就没法得到答案。幸存者是被诅咒了；我活下来只有一个目的，那就是希望找到里昂。

坟墓。

我们所到之处，到处都是坟墓。

也有一些其他令我困惑的东西：每座坟墓的墓穴深度都各不相同。我不知道这意味着什么，或者根本就没什么意义。死亡、悲伤还有生命的终结，等级制度对这些已毫无意义。小孩墓穴的深度要比成年人的浅——难道这还有什么意义吗？难道说孩子能比大人腐烂得更快？

不管怎么说，它们让我想起那些被我埋葬在他们倒下地方的孩子，还有那些由我复活但只能眼睁睁看着他们再次回归泥土的孩子。但是，在这些孩子告别人世前，我总是能看到他们的眼中流露出这样一个问题：你为何救不了我？

有个一直重复的梦似乎能解答我的困惑。

那时我还是个孩子，梦境看上去也很美丽：在太空中，一个通体白色的女人像蜘蛛结网一样编织着故事。故事很多，而周边的黑漆漆的宇宙令她的身体格外耀眼，皮肤好像散发着夜光，使她看上去像月宫仙女，而星空似乎也回荡着她的声音。

在大战爆发后，这个梦出现了一些不同。我不是指这个梦的内容改变了，它还是原来的样子。我指的是我对这个梦的感觉发生了深刻变化。忽然间，这个女人的故事似乎变得很紧急。她的眼神更深邃也更集中了，所说的话更为刻意与沉重。曾经有一次我似乎听到她在呼唤我的名字，但是我无法肯定——有人也曾把我从梦境中唤起参加战斗，所以根本无法分辨是谁叫的我。但从内心来说，我有些希望那个喊我名字的人是她。我听到一个名字——“克莉丝汀”，我想这应该是她的名字。

最近，这个梦变得越来越强烈，那个女人依然美丽，依然编织着故事，依然融嵌在夜空与繁星中，但是她的声音变得越来越焦急，我甚至能用胸腹感受到这种震动。她所讲述的故事的对象已经不是小女孩了，而是在说：起来，现在。远离一切已知，向下看，泥土就是你的母亲、姐妹、女儿。这个女人的名字，我现在知道了——克莉丝汀。

而泥土，正在尖叫。

至于“跃动”，我感觉尼克斯正在引领我去往某个目标，然而她却不会告诉我终点在何方。

为躲避天索的追杀或留下生物痕迹，我们会“跃动”到地下通道。用尼克斯的话说，我太像一个诱饵了。她也告诉我应当抓紧时间，但我不知道这是否意味着里昂正面临危险。难道我们两个的身上正在进行某种经过精心设计的布局或计划吗？之前，在我为人类战斗时，我曾感到一丝满足；现在，我也曾短暂地盼望这种感觉能够停留，但转瞬间我满脑子便又是里昂的影子和彼得在弥留之时的喘息声。我到底该怎么办？

里昂无处不在，我的喉咙、额头、胸腔，还有我性征的所在之处都是她。她满怀着复仇怒火，质问着我为什么不珍惜以往的机会，用人类所能拥有的最大爱意来紧紧地将她抓住。

每天，我都会拿出小尼克斯给我的那张地图仔细地端详、研究，感觉它略微有些占星术般的风格。原先地球上的标志性景观已经和从前大不相同，不是消失了就是发生了剧烈变化——大陆、山脉、干涸的河床和锯齿状的峡谷，看上去完全变换了模样。地图上的坐标已超越天空中的星座与残缺日月，而是和行星、行星环和天体的运行轨迹及相交点有关。也许这只是小女孩杜撰出的天体系统，就像个神话。但每次展开地图的时候——这张地图也是这么些年以来我见到的第二张纸——我还是能感觉到希望。我会试着去想，当人们第一次绘制出超越平面世界的地图时是怎样的一种心情，我不知道他们的感受是否与我相同。

我和尼克斯一直“跃动”了三天。终于，在透过山洞顶部的锯齿形缝隙百无聊赖地寻找月亮的踪迹时，我终于提出了自己的问题：“我们到底要去哪儿？我再也无法忍受这种生活了。如果在到达‘天穹’前里昂死了，我肯定也会杀死自己。”

“我们快到目的地了，”尼克斯看也不看我一眼，“但是去之前我们还有一站。”然后，可能出于同情，也可能是对我没完没了的抽象思考和病态思维的厌烦，（我每天都在想一些相同问题——为什么我要坚持？生或者死？他们会在我亲爱的里昂的身上做些什么？）她说了一句，“她还活着呢。”

她？里昂？我这一生都没这么如释重负过。

“我们到底要去哪儿？”我再也没有什么可失去的了。到目前为止，尼克斯没有杀我，我也没有杀掉她，显然，我们两个都没有得到各自想要的东西。

“去了就知道了。”尼克斯回答，随即转过身去背对着我，不给我任何继续发问的机会。像是发现了新大陆，我总是忍不住去想尼克斯展露生殖器的那一幕。

但我必须要一个答案，否则没法支撑剩下的旅程了。“为什么我并非人类呢？你曾说过我和人类不同。”尼克斯未发一言，只是继续料理架在篝火上的陶锅，不断搅拌里面的炖汤。汤闻上去像是一只兔子，但我知道这是不可能的——蝙蝠、蛇、油鸱？反正不是兔子。我踱步到了洞口。

“你要干什么？”尼克斯放下手头的活。

我不理睬，继续向前。

“喂！”尼克斯大喊。

我还是往前走着，如果我真的是个诱饵，那就让他们把我抓走吧。如果里昂还活着，那就让我和她在一起吧。我宁愿死在里昂身旁也不愿再多过一天这样的生活。距离陡井还有10英尺，如果我爬出去，如果他们真的想要抓我，那么在这个肮脏星球的地表我将会成为一个明显的目标，任由他们倾泻弹药。我不会管这些，如果尼克斯想要阻止我，伤害我，杀掉我，那就由着她好了。

但是尼克斯用她那蓝绿色的手臂从我身后将我抱住，随着两人的脑袋不停敲击在一起，我和她再次进行了时空之旅，只是这次“跃动”的终点不是另一个山洞了。

旅程完成后，尼克斯趴在了我的背上，而我则吐出满嘴的灰土。为躲避追踪一直藏身地下以求苟安的我现在却位于地表。“跃动”会带来短暂但耀眼的脉冲波，我们就像是正在穿越多种地貌的小型炸弹，像动物一样翻了几个滚才停住。

地球，它的浩瀚令我感到窒息，这片被我亲手终结的世界曾是多么壮丽啊，然而所有的美好都已荡然无存，只有无垠的地表尚存，但我仍能透过这不毛的地表看到她曾经的壮美，这也令我伤感。

我们曾经如海鸥和鹈鹕般在海洋的边缘徜徉，也曾在原先郁郁葱葱的山脉穿行，还曾绕着闪烁着粼粼波光的河流漫步，当然还访问过茂密的丛林。但是，所有这一切都化为了尘土，生命从此沉寂，而世界则只剩下一副骨架。我们在荒漠中前行，只有风沙相伴；在冰原跋涉，生灵也都躲藏在地下。天空不再是灰色或者蓝色，世界也不再有夏季或雨水，到处都是一成不变的黄色白昼以及令人毛骨悚然的青紫色夜晚。风从未停止过，而地质状态完全不受束缚，整个星球都处于各种侵蚀之中。我们在旅行时只依靠经纬度和半球来确定位置，因为国家与文化已经全部灭亡了。

不仅仅是为了生存，还有一个原因使我远离地表。

我眼前的地带与上面的天空和太空一样浩渺，由于土地和元素受到侵蚀，文明的痕迹几乎已无法辨认。因为疲惫，我们在某个地点停了下来。

风，几乎没有什么可以阻止它，却使我们两个流下了眼泪。在强劲的风力下，我的头发几乎无法摁下，脸部肌肉也被吹得僵硬，我要将双手紧紧放在胸前，否则手臂就会被吹得乱晃。我用力地支撑着自己的双腿，以免被吹倒。风停而又起，反反复复，毫无规律。当不刮风时，尼克斯会走在前面。我已经很长时间没有在地表徒步了，除非为了特定的目标或意图——如果出来，不是为了补给弹药，就是为了捣毁天索。现在，显然并没有什么明确的理由，但是我所看到的激起了我的回忆。“城市”一词再次沿着我的椎骨浮现出来，但是这是哪座城市呢，我根本看不出来。曾经的城市表面从陡峭的土堆中探出，零星散落着建筑物或高速公路的残迹。破碎的桥梁和街道，留存的片段让人无从下脚。这个城市曾被飓风、海啸、泥石流摧毁或生噬过，像是此前被最有威力的核弹轰炸过千次。

没有什么好说的，地球已成为一座坟场，空空如也，对它，没有什么合适的悼辞。对它，我只能想起那些漂浮在太空中的荒芜星球。难道人类的传说就此终结了吗？地球只能与其他那些在星系中漂流、转动的行星相同吗？这个往昔的人类家园只剩下那些组成我们的元素了吗？也许，因为我们对他人所做的丑事，因为我们对这颗生存其上的宝石的摧残，人类应该受此劫难，只是可惜了这片曾经生生不息的美丽、凄凉之地。

当然，还有我干的那些好事。

尼克斯在我前面走着，脚印在地面上留下土坑。我知道脚下曾是一座城市——不仅仅是因为它拥有巨大的地标建筑或蜂巢式的生活群落以及迷宫般的交通设施，还因为我能看到各种奇形怪状的飞机残骸。

我很清楚我们在什么地方。

人们曾把这里称作光之城、水之城、艺术之城，它拥有璀璨的历史。蜿蜒的城市大道途经许多著名地标，如同描述都市诗篇的故事线。城市的河流和溪流穿过各区亲吻着绿树成荫的码头，沿岛屿水道而上是一座姐妹教会，教堂的叠影将信仰一路传承。到处都是古老的石头，比它们年轻一点的是由鹅卵石铺就的街道；旁边则是社区，那里曾与地球上的人类一样别具特色；各个街区就像书籍的不同篇章，高低起伏，曲径通幽。这是一座适合在白天漫步的城市，地铁经由下方的隧道蜿蜒而行，其中的一些地下线路充满了像蠕虫般来来去去的过客。

记忆中的繁华让我的眼睛和喉咙感到干涩。风呼啸而来，继续为我们的前行制造着障碍。

我在大战爆发之前曾最后一次踏足这座城市，那时我们还是儿童，弟弟的脸尚未被暴力侵蚀，而我的面容也没有充满女性的愤怒和绝望。巴黎，我和弟弟在这座城市中流连忘返，欣赏着其中的物与人——喔，那时这里可是人山人海！我记起那两杯醇香的葡萄酒，还有父母在碰杯时的祝酒词。当尼克斯和我在黄沙中艰难前行时，成串的泪水从我的眼角滑落，我能尝到里面蕴藏的对以往记忆的晦涩与绝望——我和里昂再也没有机会体验这座城市，也没法像恋人一样在其中悠闲地生活。那是怎样的一座城市啊，来自非洲、亚洲的人们聚集于此，你能看到不少中国人和越南人——我亲爱的里昂会时不时地停下说几句越南话；这里还有不少来自波兰、乌克兰、俄罗斯和叙利亚的人们，加上本地人和乡村来客，你能在这种都市喧嚣中见识到资本与文化的冲撞，还能品味一番异域风情。在这里，美国人和英国人抛却成见，意大利人蜂拥而至，你还能看到一头金发的德国人和个子很高的澳大利亚人——所有这些形成了一个密不可分、骨肉相依的有机整体；承载他们的大街小巷也总是掺杂着来自面包、尿液、奶酪、烟灰以及河流的各种味道……一杯酒，两个人，趁着河边的夜景品尝。你能感到爱情或将至的爱情溢满了这里的每个角落……夜色如水，将我们笼罩其中，天空满是繁星，上面镌刻的都是我们的名字……

桥梁连接起水陆，历史与现代在这里交融，湖湾与海洋在此汇通。

而现在，被玷污的河床上没有一座断桥。这个城市引以为傲的天际线中心像战场上腐烂了一半的尸体一样无法辨认。

风沙一次次鞭笞着我的记忆，这里已是废土。

我希望自己的声音能够浸没它自己，或者将我毁灭。我趁着风间的寂静自问："我们在这里干什么？这座城市已经逝去了。"

但尼克斯已走进了塞纳河如海绵般干燥的河床。"别这么盲目。下面依然有城市，我还以为你熟悉地下生活呢。一切都是物质。"

一开始我听成了"一切都很重要"，然而我意识到了自己的错误。尼克斯故意加快脚步，将我甩在身后，想要追赶的我半路跌倒在地，像被风吹起的砂石一样翻着身，一直滚到尼克斯的脚下。我抬头望着她，"什么样的'城市'能够在这样的废土下存在？"我苦涩地问道。突然间，我本能地知道了自己现在在哪里，我不敢相信他们竟然选择了这座我最爱的城市。

这里就是那个被"天穹"重新整修以对我处刑的地方。

"这里曾是文化之城。"尼克斯伸出手，将我拉了起来。

第二十五章

地点：“天穹”。

沿着走廊往下走的克莉丝汀正在看着手中的两只蝾螈。不管她走到哪里，她总是会随身带几只——甚至有时会对着它们说话。确实，现在的确是一个失去理智的好时机。

从特林鸠罗更新的信息以及蜘蛛的莫尔斯码中，克莉丝汀知道蝾螈就像是贞德的早期进化版本。因为生存在地下，像所有进化一样，这些蝾螈发展出新的感知器官——但是，因为地质大灾害的陡然而至，这些进化发生得更为迅速。贞德额头上的蓝色光芒以及一起发生的曲调就像弦一样将她和其他事物联系在一起。她所拥有的新感知能力确实给予她与地球相互作用的元素力，但这只是全景的一部分。贞德的身体可以作用于所有拥有生命的物质——既可以进行毁灭，也可以用于复生。

克莉丝汀暂时停下脚步，吹了一下手中的蝾螈，这些小东西便围起来拧成一个小小的白球。她想，我们都是由来自行星的物质组成的，但贞德则可以与整个宇宙直接沟通。

有那么一会儿，克莉丝汀心里涌起对贞德的怜悯。将创造与毁灭之歌装在脑袋里对一个小女孩来说是怎样的一种感受啊？她是将人类兴衰的重担扛在肩上，用创造生命的女性躯体在承载着这一切。克莉丝汀不由自主地将手放在耻骨上。骨骼还在，但里面空空如也。

她对贞德可能产生的宏观感受有着自己的微观看法：幸存者的负罪感。

贞德未能拯救人类。

这是个奇迹：贞德在从自杀行动中存活下来后没有选择继续杀死自己，而是转而从事破坏活动。

克莉丝汀躲进一个隔间，“天穹”的呼吸保障系统正在嘶嘶嗡嗡，装甲卫兵以及身着臃肿白袍的人类残余从她眼前经过。她将能动的那只手抚在胸前，像阅读盲文一样触摸着皮肤上凸起的文字。

她把小蝾螈放在唇边轻语，像在为它们演唱摇篮曲：“现在我明白了，你必须放弃那种自己是唯一救世主或毁灭者的想法，一切都是物质，所有事物都是通过能量并经由能量运动的。身体是整个宇宙的缩影，而作为哺乳动物的人类则是一个聚合能量源，我们一直以来就是这样的。过去我们在解读这种关系时犯了史诗级的错误。”蝾螈爬上她的手腕和前臂，然后又爬到她的肩膀，栖身在她的下巴和锁骨之间——她最近在那里灼刻上了贞德传说的情节转折点。

第二十六章

沿着干涸的河床前行，经过一块厚厚的岩石，我们两人在这座城市破旧的遗迹群中行进。尼克斯停住了脚步，我也停了下来。尼克斯甚至懒得搭理我。我看到尼克斯把手放在表面落有一层浮灰的巨大建筑物上，然后便感觉到有什么东西正在快速移动。我试着寻找，却感到脚下的地板正在震动。

风停了。

有很长一段时间，周围的空气似乎都凝固了，我确信这时氢、氧分子的运动都放缓到能够被肉眼察觉。我是不是出现了幻觉呢？如果真的是这样，那么这种幻觉肯定已把我整个吞噬其中。

我们眼前那堵布满灰尘的墙以及湿漉漉的泥土正在晃动，我头上的蓝色光芒几乎将我震倒；那首歌变得如此响亮，我感觉有些温暖而湿润的东西从耳孔中滴下——是鲜血吗？我拭了拭，但什么也没有。两个赤身裸体的男人出现在我们面前。没错，是男人。他们似乎已沉寂了很久很久，充满雄性特征的形象很是吸引注意力——臀部略带朦胧，髋骨下有着小凹陷，双腿间则是那充满美感的肉团，宽阔的肩膀以及其中肌肉发达的胸膛，更别说那富有线条感的下巴。这是两个年轻男人，一个皮肤偏红，另一个身上则是一种褐色或黄色，像是两尊拥有生命的雕塑。他们就站在我的面前，似乎在注视着某种我以外的事物或时间，好像我并没有在这里出现一样。

“他们还活着吗？”我问。这个问题在我看来都有点愚蠢。

“是的。他们的身体还活着，但正……处于休眠状态，比睡眠更深一些。”

我的脑袋有些发紧。并不是对眼前的一切无法理解，而更像是遇到了什么童年烦恼，就像是头上突然出现了那道光、耳朵里突然响起的那首歌一样，而那次几乎将我打垮。

我看着尼克斯，呕吐了一小口，吐出的液体被风拉扯成长串向外飘去。

“物质。”尼克斯说。

尼克斯指了指我们和这两个男人之间的地面，突然间这两个“塑像”倒进了那里。不是“倒向”，而是“倒进”。他们的身体与土地纠缠在一起，边转动边抽搐，身上的肌肉在不断地收缩与扩张，很难分辨出他们的手和脚。大地也在不断运动，黏稠得像黏土一样。他们的面容、张开的嘴巴以及脖子上的血管显示出他们正在经历的痛苦与狂喜。

眼前的暴力之美让我心碎，我没法动弹，但也不会将目光移开。

他们的身体下沉了一米左右，然后便开始发光发热；随后，身体的颜色也开始发生改变——红、橙、黄、绿、青、蓝、紫，然后又化为黑色。很快，他们的身体在我的眼前开始分解，我呼吸艰难，几乎是在哽咽着哭泣。我伸出手想要喊叫，但尼克斯将我从他们面前重重地推开。随着他们的身体在泥土中越陷越深，我产生了一种跳下去至少抓起一个人然后将他复活的冲动。是的，我一定能救出一个的。

尼克斯再次阻拦了我。声音在我的脑袋里冲击着颅腔，越变越大，如同记忆中史前海洋的怒吼。最终，眼前这可怕的一幕结束了，我再也不能看到他们身体、骨架和人体形态的一丝一毫，那首歌也如海浪般一波波缓慢地退却了。

在我的脚下，围绕着尼克斯和我，一层青苔如地毯般慢慢长出，上面镶嵌着纤小的白色花朵，还有昆虫以及藤蔓、树根。生命就这样崛起在我们的眼前。

“现在该你了。”尼克斯说。

“我，什么？”

“什么什么，你是不是傻掉了？该你发挥作用了，把这些孩子弄回来。”

当听到“孩子”一词时我全身像树木一样地绷紧了。“不可

能。”我平淡地说

“恰恰相反，”尼克斯说，“只有你才可以。把你的手放在那土墙上。”

“不！”那些被我埋葬在坟墓中的孩子们再次浮现在我的眼前。我把他们藏起来以远离伤害，可他们却因我而死；虽然我让他们复生，但他们再次在我的手中死去。我看到了他们的每一张面孔，每一个瘦小的身躯，他们的眼睛还有嘴巴。我无法再次施展复生术了。

但是尼克斯却想让眼前的这些孩子再现生死。

风停了。像是尼克斯要求它们这么做的。“你还想去‘天穹’吗？还想见你亲爱的里昂吗？这就是方法，利用你的身体。激变者从来都不是生态恐怖分子，恰恰相反，我们热爱大地和所有生灵，这种爱甚至超越了人类间彼此相爱的情感。我们并不比因人类而灭绝的动物高等，也不比那些被我们摧毁的有机生物高尚，我们就是其中一员。我们在乎的与你一直所追求的不同，不是里昂的命，也不是你的命，而是希望重新唤起大地的生机。现在，把这些孩子复活，他们身上蕴藏着关键能量，没有这些能量，其他事情也做不成。”

我盯着尼克斯看了好长时间，然后又看了会儿地面，接着便走向那片被泥土覆盖的墙并将手放在上面。我脑海里是那两个孩子的小身体，还有他们的眼睛和嘴巴。泥土开始震动，蓝光与歌声在我脑海中回荡，然后那两个天使般的男孩复活了，一个蹲着，一个站着。但是，我感到心里剩余的那一隅崩塌了。

尼克斯躺在地上，而这两个孩子还保持着相同的动作，如同在母亲的呵护下安睡。身上的蓝光和歌曲并不能让我的坏情绪得到平复。这两个孩子却很快失去了原本的肤色与状态，化为一摊清水。

是的，他们变成了水。

我盯着这个不同寻常的坟墓，将手浸没到其中一小股细流中，发现这片墓地开始被自然的绿色所点缀，生命与死亡在同一地点留下痕迹。“这里还有多少男人……”

“几千个，”尼克斯平静地回答，“足以组成一支军队。”

我闭上眼睛，不知为何看到了很多蝾螈，它们的数量如此众多，甚至都聚集成了山丘。我可以看到蝾螈发出的光束射入天空直达星辰，还能看到有两只蝾螈蜷缩在一个女人的掌中蠕动，而这个美丽的女人正在对着这两个小东西低声倾诉。

我睁开眼睛向前看去，“有多少儿童？”

“很多。”

“他们中……还有活着的吗？真的活着，就像普通人那样？那是不是我在地球上的角色仅仅是把他们变成泥土？”

“用你的话来说，他们中的大部分人会拥有‘真的生活’。但也有一些人会转化为元素，比如说水。无论结果如何，其中一些人会生存下来继续繁衍。不过这些都不是现在的重点。我这样说是不是言简意赅？”尼克斯回答。

“这一点都不简单！你是不是想让我亲眼目睹这些人——如果他们还活着的话——在我的面前消解？难道这不是谋杀吗？”我又一次完全失去了理智，血液充满了我的前臂和双腿。

“你说的一点都不对，”尼克斯不动声色地说：“你在赐予他们活着的意义。你在搭建神圣纽带，将他们与地球以及给予他们生命的宇宙重新联系在一起。”

什么才是人类？也许人类并非注定要去发现与征服，而是应当重新拥抱那些创造我们的事物。我脑袋里的歌曲突然在某个音符处爆发一声巨响，然后便归于沉寂，如同被写上一个听觉上的感叹号。

“我可以把你弄上去，只要你在这里把他们的生命都终结掉。他们都是些以自我为中心的物种，目标就是毁灭我们，榨干地球上剩余的资源，你必须作出选择。你心里知道，这里就是你的过去，你必须重新书写自己的故事。虽然这需要以终结你所谓的‘生命’为代价，但是你可以因此拯救你亲爱的里昂以及其他更有意义的东西。”

里昂，这是一个超越肉体的名字。

“我需要做什么？”我说。身旁的风依然呼啸。

“给我一根你的肋骨。”尼克斯朝我走来。

“你再说一遍？”我不由自主地摸了下自己的皮肤。

"我们需要你的身体，每次都需要一点，用它来进行创造。"

我看了看缺了一根指头的手掌。如果我的身体蕴藏着比它本身更有意义的能量，那么我愿意把它献出。尼克斯掀起我的衣衫，将一只拳头伸进我的身体，活生生抓出一块血肉。尽管不想退缩，但我还是失去了知觉。等我醒来时，尼克斯又一次消失了，我所看到的只是我受伤的身体。我发现原本某根肋骨所在的地方已被缝合，而我则脸朝下趴在泥土之中，泥土在震动，我挣扎着站起，身体笼罩在响声中，歌曲在我的头颅中不断放大，下至地表，上达天空。

第二十七章

那个丑陋、嚣张的仪式令克莉丝汀愤怒不已。

她正和她的队员挤在一间接待室中，那里靠近行刑前所进行庆祝的剧场。“天穹”管弦乐队的壮观演奏使她们身旁的墙壁都有所震动。克莉丝汀嘟囔了一句，她们不得不先忍受一段可怕的音乐前奏，而且毫无疑问要在上台表演前聆听几段空洞的白痴演讲。哈，现在她总算听出曲调了，原来是《飞升的旋律》。更确切地说，这首垃圾歌曲是专为庆祝人们飞升入“天穹”而创作的。没错，接下来的曲子会是《非物质化的奏鸣曲》——在你50岁生日这天，你会砰的一声破碎成DNA链条和太空垃圾，而上面的曲子就是你的配乐。

对特林鸠罗所谓的审判将会以错视画的风格展现，相关图像将在全息投影中反复播出，走廊、公共休息区以及“天穹”房间的墙壁上都会播放这些内容。

通过贿赂一干警卫与主管官员，克莉丝汀获得了许可，她的表演已成为特林鸠罗处刑盛况的一部分，她成功说服这些人，让他们认为她能够为特林鸠罗的处决献上一场精彩绝伦的好戏。

银色的蜘蛛跃动出一条巨大的弧线，将她的目光吸引到表演现场，那里正对着一个拥有巨大T型方格的教堂式窗户，窗户的水平略高于舞台。舞台那边则是墨汁般黝黑的太空以及毫无生气的行星光斑。她从来都没有以这种角度看这个地方，那明明就是一副十字架啊。

克莉丝汀和她年轻的反叛队员们早已摩拳擦掌，跃跃欲试。在他们这个年纪，脸上的气色是那么的丰盈，但她知道自己只能想想而已，毕竟已年华老去。这些年轻人的眼睛依然灵光闪烁，他们的脖子、颧骨和肩胛骨尚能分辨，而嘴唇也没因衰老而下垂或被细纹布满周边。她最喜欢的那个戴着肩章、有着海蓝色皮肤的女孩——克莉丝汀觉得她是个女孩——正在对其他同伴下达着指令。

“在这个房间里，你要摒弃一切对未来的想法。未来……”尼克斯瞟了一眼克莉丝汀，“未来只是个粪堆，把自己包裹上生活的外衣，漫无目的地在空间中漂流，只能静静地等待衰老，因为腐烂与脓包而浑身散发着的臭气。”

克莉丝汀抿嘴一笑，毫无疑问，这名年轻的女性深受特林鸠罗的影响。这群孩子就是他们一手打造的继承者啊！站立着的她们身着各色丝绸罩袍，通过衣衫能看到她们燃烧着的白色皮肤。这个小小的剧团对于她来讲就是希望。她们是一群暴力、孤立而且无家可归的可怜人，在寻求性发展与反抗社会中苦苦挣扎，而她们并没有自甘堕落，这本身就是一个奇迹。

如果真的曾存在什么上帝——当然克莉丝汀从未相信过——那么这位上帝对人类开了最恶毒的玩笑。他将人类引向进化巅峰，然后又将一切狠狠地颠倒过来。

现在，让·德·摩也搅合进了这个有关创造的乱局。由于那些沉沦到“天穹”的人给予他相当的敬畏与权柄，以至于他过于飘飘然。以文化创造为幌子，他着手调节和重塑性欲以及一切相关事物。他碾压过所有女性的躯体，将她们物化成纯粹的劳动力。还有什么比他的这些作为更符合《圣经》的情节吗？他就缺一个苹果和一条狡猾的毒蛇了。

要振作！克莉丝汀这样对自己说。为了挺直腰板，她将思绪从历史的虫洞中抽回，去往另一个平行宇宙，来到贞德那场在行刑前敷衍了事的审判：

质询辞/摘录 221.4

问：这是你的异端言论。在此，你是否承认自己宣扬过异端邪说？

答：这些罪名——变节者、异教徒、恐怖分子，谁有权对它们加以定义？语言是中立的，不具权威，谁都可以将自己的意志施加其上，但最后，语言依然是一个自有变动的体系，如同漂浮在太空中的垃圾和最终化为固体岩石的海洋沉积物。因拼凑而成的事物亦可被解构，你们所谓的定义无法施加在我身上。但为准确起见，就异端这个话题而言，如果你这个词的意思是指异议或对某一主题、理论或做法的偏离，那么是的，我承认自己是一个异端。你那些所谓的主流言论、观点和做法让我感到厌恶，我的目标就是摧毁它们。但就实际而论，我根本不是异端，因为你的那些理论和做法才是悖逆了行星、宇宙和生灵的异端。

问：看到了吧，不知悔改。被告依然坚持不与本庭合作。难道你就如此看轻你的生命与同类吗？

答：我们只有一条命，我们照着希望的方式来进行生活。但是牺牲掉自我价值，没有信仰地活着——这样的人生毫无意义，还不如死了算了。

问：你每一次呼吸和每一句话都会让你更靠近死亡。

答：我无所畏惧。我命里如此。

问：傲慢。你已经不是以前那个孩子了，你现在的处境对你很不利，我们对你没有虚假的怜悯。

答：10岁的时候，那首歌在我的脑海中成型，我的额头上也出现了蓝光，这些东西都帮助我约束自我。第一次我确实很害怕，但后来就好了，以后也没有害怕过。

克莉丝汀将思绪拉回现实，心中燃烧着复仇的火焰。她将视线从那个巨大的十字架移开，转过身对她的队员们说：“今晚，就让我们点燃过去，以此来逆转未来。”

她将双手放在她最看重的战士肩头，“尼克斯，”她说，“很高兴能认识你，虽然时间并不长。”这是她的心里话，也把它当成自己的吻别。

“猛烈而壮美地穿越皮肤，迸发而出，归于物质——这难道不是进化的最高境界吗？”尼克斯骄傲地笑着说。她的身体几乎发出光芒，让克莉丝汀拥有了某种母亲般的骄傲。

第二十八章

当权者的行进式可谓丑陋，在机械卫兵的保护下，“天穹”的高层人物粉墨登场。但是，特林鸠罗的存在打乱了这次庆典的节奏，犹如马匹在一场庄严的游行中拉出了粪便。

“去烧自己撸出来的精液吧，你这条被烟熏过的口袋。”特林鸠罗嘶叫着，“我没皮没脸，你根本就伤不了我。”他的眼睛闪闪发亮，如渗着液体的黑洞，身体蹲伏，像某种神秘生物，随时准备一跃而起。

“把这个怪物的嘴堵上。”让·德·摩命令道。他翻转着一条粗重手腕，做着手势羞辱特林鸠罗，手臂上面耷拉着白色的痕刻肉芽，像极了一张不应景的桌布。

亲爱的特林鸠罗的声音依然敲击在克莉丝汀的心中，他的声音激荡着她的肉体，让她觉得自己随时可能会晕倒。她身体上的每一根骨骼都因他的声音而振动。但是，正在进入剧院的特林鸠罗的形象依然给了她沉重一击。从她和队员所在的位置能轻易地看到游行队伍："天穹"的打手们押解着特林鸠罗，骄傲的让·德·摩紧随其后，身上的肉条拖在背后，就像新娘婚纱后的拖裾。克莉丝汀屏住呼吸，努力控制住自己，以免把咬碎的牙齿吐向这个暴君。

但是旁边还有别人。

一个没有意识、似睡非睡的女人被悬空在某种浮动金属床的上方，她显然不是来自"天穹"。从皮肤颜色看出她应该经历过天气的打磨，也或者虽未历经风雨，但是曾在地表生活过。这令克莉丝汀想起西南大沙漠。这名地球女性的头部和肩部装饰有头发状的刺青，在周围白色皮肤的映衬下显得很有暖意。她的下巴笔直，与承载她的金属床形成一个直角。克莉丝汀发现特林鸠罗有时会偷看这个女人。这个女人是谁？难道他们认识吗？为什么让·德·摩要展示她呢？

在他们的近处，珍珠兽一般的让·德·摩得意扬扬地笑着，或者说他那满脸的褶皱略微向上扬起着。

"真是个妖怪啊。"克莉丝汀悄悄地自言自语。

让·德·摩像是听到了她说的话，转过身向克莉丝汀说道："你在我们官方表演外加演的戏剧叫什么名字？"他晃动着自己那几根楔形的白色手指，指点着克莉丝汀。

观众们朝克莉丝汀看过来，他们像是一群乳白色的蜡偶，面色苍白，气色很差，他们的痕刻在身上垂荡，人数大概有100人，年龄不到五十，但也不会差太多。

“名字叫做《异教徒使女的小传》，亲爱的……大人，”克莉丝汀回答道，努力把嘴巴张开，“或者您比较喜欢我用‘阁下’称呼您？”看着让·德·摩皱了皱眉，她想自己听到了那个漂浮板上女人的艰难呼吸声。

“哈，”让·德·摩呼噜噜地说，“你可真是聪慧，竟然想重塑这个显而易见的事实。”

“和往常一样，我的……阁下，您是整个星系的主宰，而我只是您的拥趸。我这么卑微的存在怎敢同您在这个领域争辉——您就如太阳的火焰般炫目灿烂，”她回答道，并且向让·德·摩鞠躬致意，“我可是发自肺腑地崇拜您。”说这话的时候，她把眼前的对象想象成了特林鸠罗。

一时间，眼前的让·德·摩如同漫画中的角色，很容易让人觉得他是个小丑——他不过是个自吹自擂的白痴，一个莫名其妙崛起的骗子。但克莉丝汀还有更深层次的理解。整个人类历史早就告诉我们，那些鄙陋、疯狂、贪婪、自恋甚至开始时颇具正气之人会何等轻易地在权力的腐蚀下受其支配，走向堕落。

被让·德·摩盯着的克莉丝汀不知道他脸上的笑意是否依旧，也不知道他的眼睛是不是已冒出怒火。是不是他已经知道了自己的真实意图？克莉丝汀一无所知。但是让·德·摩不再看她，“全部就位吧！仪式马上就开始了。”让·德·摩的声音嗡嗡作响，使她的肩膀都感到震颤。

克莉丝汀不想失去校正自己行动与目标的机会——这个女人的出现会扰乱她的计划吗？又或者让·德·摩想拿这个女人的身体做什么文章？“阁下，我在想，您是否可以向大家介绍下这位观众？”克莉丝汀将手指向那个女人。

当让·德·摩走动时，长袍的后摆在地板上会像爬行动物般扭曲。在听到克莉丝汀的话后，他停下了脚步。让·德·摩先看了眼悬空在合金板上的女人，然后又将视线放在克莉丝汀身上，“为了纪念眼前如此壮观的行刑场面，我决定把内涵扩展一些。”

“内涵？”克莉丝汀瞥了一眼特林鸠罗血肉模糊的身体，而他并没有迎接她的目光。

“有疑问吗？是的。”让·德·摩继续说，“你不会认为我在对内容的阐释上是一个外行吧？这么些年了，我们在痕刻创作上一直在进行着较量，但我始终比你的小聪明技高一筹，你以为我会不知道你也在付出额外努力吗？”他一手指着特林鸠罗，另一只手指着金属床上的女人。“为什么？克莉丝汀，我觉得我们的文学目标在某种程度上是相同的，我们只是缺少一个元素，而这个元素会使修辞回归它的本源。”说完，让·德·摩大步走近克莉丝汀，几乎将他那无血而苍白的脸颊贴在克莉丝汀头上。

当让·德·摩再次开口时，她都可以感受到他呼吸的温度。“生日快乐，”他小声说，“我为你从地球上带来了礼物。”

所以这个女人在某种程度上与贞德存在关联，这块巨型炖肉是想设置一个宇宙级的陷阱。好吧，尽管放马过来吧，让·德·摩，原来你终极计划的核心是死亡。克莉丝汀暗暗在心里盘算着还有多久才可以干掉他。

拼凑起所有夸张的表情，克莉丝汀疯狂地朝让·德·摩鼓掌，惊呼道："为了使这场好戏更加精彩，您可真是留足了神秘！"在说完这些后，她的笑意依然长久地凝固在脸上。

目送让·德·摩离开后，克莉丝汀又回到她的队员身边，看到她们已经把透明导线缠绕在自己昆虫节肢般的前臂和手腕处。她必须承认，如果是在别的什么时候看到这些孩子眼中的火焰，她一定也会燃起某种希望。但是现在她别无选择，她所追求的三个目的都会归于一个结局——杀死"天穹"中最具权势的人，重现贞德的故事，以及给她和她在这片漂浮在太空中的垃圾堆里唯一在乎的人一个史诗般的告别式。当这些目的达到后，这个所谓的"新世界"也将为她们殉葬。

即便剧场的光线已暗下，她依然能够闻到特林鸠罗那黝黑的皮肤。当舞台灯光点亮开场表演时，克莉丝汀觉得她看到了那个被固定在悬浮板上女人的眼睛——她的眼是睁开的吗？让·德·摩正坐在她的旁边，看上去在抚摸那个女人的大腿。这令克莉丝汀有些反胃，但依然强忍住没有吐出来。通过展示暴力，让·德·摩提醒人们他依然完全控制着"天穹"。要不是让·德·摩旁边有高科技卫兵和杀戮机器的护卫，克莉丝汀一定会起身振臂一呼，把他这令人厌恶的场景直接带入她的戏剧中。此时，她发现那块悬浮金属床上的女人还活着。

观众也在暗影中纷纷鼓掌，他们也令克莉丝汀感到恶心。他们的躯体在暗淡的灯光中闪闪发亮，她感觉这些人每一秒都离成为尸体更近了一步。太空中的这帮人类究竟是怎样的存在？他们只是一群会动的白色大理石像，只能靠装点外表、娱乐以及某些夸张而肤浅的优越感来给自己刺激，而这种优越感通过什么表现出来呢？应该是高度吧。他们通过漂浮在母星上空来彰显高等，就像是观众在长篇歌剧中半途鼓掌，这是一种无用而空洞的美学。也许，在某个时候，革命爆发，那时他们才能有机会变得更好，更美，但是这个机会已经被他们错失了。就她而言，靠近星辰也就意味着离构成我们的东西更近了，那些东西就是没有生命的矿物质。她只求能够痛快地转化成夜幕中的一点光亮。

所有的处决都允许某种助兴节目的存在，但克莉丝汀借助提高筹码稳住了让·德·摩，她召唤出让·德·摩主要敌人的幽灵，并把它带进了所谓的审判过程中。对特林鸠罗进行审判的目的在于对他重新神化“天穹”主要敌人、煽动异端言行并宣传贞德还活着的罪行进行定罪。但贞德真的活着吗？让·德·摩可是这样认为的。他一直都在追杀贞德，还成功锁定了一个熟悉贞德的人，而这个人也成为他施加酷刑的新对象。

克莉丝汀非常憎恶让·德·摩，很想碾碎他那丑陋的下巴。

克莉丝汀下意识地把肩膀前后摇摆，借助小剧团成员身上新近纹刻的痕刻作品，她现在准备实施一次一箭三雕的简单得不能再简单的直接行动。她想进行一场文学与现实意义上的双重起义，用爱人的吻来象征创造与毁灭。

开始吧。

第一幕描述的是异端的崛起——“亵渎者”贞德在早年发动了针对让·德·摩大军的叛乱并骗取了起义军对她的追随。这些内容与“天穹”的宣传口径是一致的。舞台上回荡着一系列独白，借助极简抽象风格描述了战争背景。在第一幕的结尾，她让一些身上有着崭新痕刻的学徒赤身裸体地出现在舞台中央，向观众展现出一行话语：“那时，在一开始，她的身体便与泥土、有机生命、树木、大海与矿物质相通。”然后，另一群演员们开始合唱，各种各样的音乐和曲调充满了剧场——这是曾被遗忘的曲调和史诗般的旋律，是每个人类后裔在他们灰色记忆中尚蕴藏的一丝痕迹。歌曲引起共鸣，人们像以前的音叉般随声哼唱——那时，他们还可以进行选择：是地球和贞德，还是仅仅为了一己之私。

椅子上的观众身体前倾，他们的DNA不由自主地回想起那些他们本已准备去谴责的事情。

第二幕的内容是审判“亵渎者”贞德的精彩场景。随着剧情的进展，克莉丝汀的心脏继续受到伤害。贞德的故事以及爱人特林鸠罗的身体冲击着她的五脏六腑。在再现庭审对话的过程中，她的队员搭建起了一些脚手架，以此来烘托即将到来的公开行刑的景象，观众们甚至可以想象出当时的紧张氛围。没有什么比一个精彩的行刑故事更能吊起观众的胃口了，这可是最高级的享受——引人入胜，使观众得到顶级的刺激，让他们目瞪口呆。没错，她能够从观众的肢体语言以及嘴巴的形状中看出这就是他们想要的。

她希望他们都去死。

克莉丝汀现在已经有些担忧第三幕，因为这幕为引起此后的高潮——“亵渎者”遭遇火刑——嵌入了一个简单的楔子。利用这段额外时间，在爱人特林鸠罗被处决前，她将改写事情的进程。

克莉丝汀偷瞄了特林鸠罗一眼，他正咧着自己血淋淋的嘴巴，上面看不到嘴唇，似乎正在微笑；也或者这一切都是克莉丝汀的感觉。然后她又瞥了一眼让·德·摩，发现他的脸乌云密布，正在抽搐。当演员与战士尼克斯继续她的独白时，克莉丝汀好像看到金属板上的女人有些抽动，她正在努力将手伸到大腿下面的某个部位，手指用力，莫名其妙地想把那地方打开。难道她带着武器吗?

克莉丝汀和善而谦恭地绕台答谢，时不时默默向观众和官吏、随从们鞠躬致敬，甚至当眼神扫过让·德·摩时也不忘向他致意。终于，她看清了，悬浮在金属床上的那个女人正试图取出一把手指长短的匕首，这使得克莉丝汀为之一振。

克莉丝汀的内心激荡澎湃，但她努力抑制住自己的感情。此前所有的东西都是引子，但从此刻往后，在第三幕中，有关“欺骗”

的情节便要展开了。当然，“欺骗”这个词并不准确：正确的词应当是“激变”。克莉丝汀拿出一个古色古香的歌剧望远镜——这是她珍藏的地球古董之一；她听到台下的观众传来一阵赞叹，但她依然若无其事地专心表演下去。

第二幕将结束时，特制的脚手架被火花点燃，克莉丝汀甚至能闻到电力灼烧的味道。观众们把这种烧焦的味道当成了舞台的特殊效果，根本不知道这意味着什么：蝾螈们通过聚集能量形成了某种框架结构。接下来的对白几乎如祈祷和圣歌般神圣，观众的耳边不再有多余的声响，没有什么比静静地观赏死亡更加诱人。

接下来便是正餐了：克莉丝汀又回到让·德·摩那一团在地板上散开的怪诞躯体旁，而被绑缚得像肉块的特林鸠罗便在她伸手可及的地方。最后的剧情描述的是转折：开始是一段独白，其将戏剧与现实（或存在观众记忆中的处决贞德的场景）衔接起来，而演员则走近观众吟诵着自己的独白，面前就是让·德·摩所在的那一排。这时的她们离让·德·摩如此之近，当吟诵最后的台词时，演员的膝盖几乎都能碰到他的身体。

“无论如何要记住这个使女，以及我们在这里所回顾的一切，因为她的故事比《伊利亚特》还宏大。她的战斗并非为了攫取权力，其恰恰要摧毁其中的虚伪，使之回归泥土，成为养料……成为蛆虫之肉。”

克莉丝汀忘情其中。

观众的注意力被剧情的转折所吸引。

“使女”和“蛆虫之肉”依然回荡在剧场的上空。

让·德·摩已被气得几乎无法动弹，他的卑劣的声调在发抖，几乎听不到：“你……”

戏剧已结束，他向克莉丝汀转过身，话语中饱含着恶毒：“你不会活到有人为你鼓掌的时候，我要毁掉你在乎的一切人和物。”他狠狠地重击克莉丝汀的头部，几乎打掉她的几颗牙齿，而克莉丝汀的鼻子和嘴巴也流出了鲜血。

特林鸠罗试图站立起来，但“天穹”的爪牙们强行把他摁跪在地上。克莉丝汀坚强地站起身，对将要到来的暴风骤雨毫不畏惧。她早已将让·德·摩的反应纳入整场戏剧之内，事实上，她早就料到了这一幕的发生。打起精神的克莉丝汀跑向让·德·摩，跳起来挥动手臂，用力地将自己那部望远镜的手柄插入他的眼眶，周围传来一阵惊恐的喘息。剧院中爆发出骚动，有一半的观众从座位上坐起，而另一半早已朝着出口奔逃。

让·德·摩接下来的行动打乱了克莉丝汀的计划。虽然克莉丝汀和她的队员已早有准备，他没有对克莉丝汀施加更多的侮辱或拳脚，也没有把她关押起来，而是表现出一种可怕的冷静。他径直走向那个囚禁在浮动金属板上的不知名女人。“你想在这场关于人性的史诗大戏里看看女性战士们的价值吗？你想让你的困境给予人们什么启示吗？把克莉丝汀带上来，她是不会想错过这场表演的。”

让·德·摩话音落下，一束未曾要求的灼热灯光打在克莉丝汀和这个飘在空中的女人的身上。

而她的队员却在亮光中一动不动。

一个机械卫兵将克莉丝汀拖拽到让·德·摩站立的地方，她终于有机会盯着特林鸠罗的脸庞——这已是一张被摧残得难以辨认的面容，但她对他的身体依然熟悉，甚至超过对自己身体的了解：他的眼睛、牙齿、“嘴洞”，还有他的下巴和眉骨。即便特林鸠罗的头颅只剩下骨架，她还是会毫无保留地爱着这个骷髅。

但是克莉丝汀的脑袋被强行朝向另一个人。她现在能够看清这个女人了，原来这个女人曾被残暴地殴打过。在让·德·摩停止吼叫后，克莉丝汀听到这个女人正在艰难地呼吸，甚至还伴随着某种呻吟，几乎听不见她在说什么。克莉丝汀注意到这个女人正悄悄用手抵住自己大腿上的匕首。

“把她的脑袋靠得近点。”让·德·摩命令道。于是克莉丝汀的脸被强行推向这个女人的臀部。让·德·摩把他深红色长袍上的褶皱推向身后，将手臂上垂落着的痕刻肉条撸上去，露出藏在手中的手术刀。头脑高速运转的克莉丝汀向后看了眼队员们——赤裸着身体的她们正面无表情地站立着，虽然行动暂时停住了，但是通过她们高耸的脚背以及脖子上如野兽般紧张的肌肉，她可以看出这些孩子已经准备好了，唯一缺少的就是她的命令。

此时的克莉丝汀如暴风眼般平静。时机虽然短暂，但还是到了。对于暴虐行为人们有很多种理解。有的人会观察它，在这种情况下，相关场景会产生某种美感，如戏剧、油画或电影；不管相关的画面会唤起怎样的情感，距离使得观察者能够免于伤害。也就是说，那些被反复强制观看暴虐行为的人们会将这一观点视为生存策略。而人们也可能成为暴行的受害者，但在这种情况下，受害者只有抛弃自己的肉体才能获得解脱，带着非生即死的信念，通过玉石俱焚来进行复仇。最后，人们也可以是暴行的实施者。这种最为原始的阴暗面存在于我们每一个人的内心深处，无人能够避免，此时约束我们的只有最低限度的道德标准。我们身上既有微小的卑微欲望，例如受到他人的欢迎，以我们不曾拥有的方式被对待，母乳喂养，或者在酒后被友善地拍拍后背；也有通过施加痛苦才能得到释放的强烈欲望，而这是对自身无能或不受欢迎的恐惧的强烈麻醉。一再浸溺于暴虐中，大小欲望间的界限就会消失。

在这一刻，克莉丝汀被扔到由这三者所形成的无法承受的风暴之中：她是观察者，也是受害者，还是一名施虐者。她的脸离着因暴虐而绽裂的血肉是如此之近，几乎都能爬进这个女人的身体。

这时，让·德·摩的声音又让她回到了当前的紧张状态。“人必须敢于深入生活，才能充分地享受生活。”他低声说。然后划开了金属板上女人的内裤，在她的两腿之间迅速地挥舞着手术刀，然后将这个银色工具扔到地上，把自己的手指伸进女人的体内……血液和惨叫声让在场人都惊呆了，观众中传出一阵吸气声。

曾有那么一会儿，恐惧使得克莉丝汀动弹不得。她的声音锁在喉咙里，鼻子中闻到了粪便的腐臭。女人发出惨烈的号叫，挣扎着想要摆脱对她的绑缚——比起人，她更像是一头野兽。让·德·摩的脸被层层叠叠的褶皱所掩盖，笑意布满了他这张过度痕刻的脸。他将手抽回，血红色的流质从女人的双腿间淅淅沥沥地滴落到地板上。

“如果我不能创造生命，那么我就要摧毁它——从它的起源开始。”让·德·摩任由长袍从他的身上滑落，如波浪般密集起伏的痕刻就像白色熔岩般从他的身上垂悬而下。对克莉丝汀来说，裸体的让·德·摩就像是个全新的物种。某种骨色的东西在痕刻的边缘密布，如同死亡重新具形。

克莉丝汀像小孩一样任由尿液离开自己的膀胱，而卫兵却继续将她的头逼近那个女人的伤口处。克莉丝汀斗志犹存，她不是来送死的，也不会任由他人羞辱或折磨，走到这步就是为了表达出自己的渴望。另外，死亡并没有征服那个悬浮在半空中的女人，与之相反，她的身体——即便是在那个伤口处——看上去正在散射着热流甚至是能量。不管这个女人是谁，她都算得上是克莉丝汀见识过的第二坚强的女性。想到这里，一腔怒火在克莉丝汀的心中燃起，猛烈得似乎能够吞噬大地，而尿液、血液、粪便与复仇的味道只会让她变得兴奋。

将一切抛诸脑后，克莉丝汀张开了自己的嘴。

“贞德！”这是她所有的话语，声调低沉而洪亮。她将目光从受害人肉体所遭受的暴虐上移开，与让·德·摩四目对视。虽然他竭力保持自己苍白的笑容，她却能看到他脸上的抽搐。随着这个口令的下达，她的队员们冲上前来，开始了真正的行动。

如同一首现实版的残忍之诗，这群年轻人的生命从未达到如此美丽而暴虐的鲜活。

不知从哪儿伸出一条胳膊，接着又闪过一只手掌，克莉丝汀看到金属板上的那个女人切掉了让·德·摩脸上一半的痕刻肉芽。它们划过空气，像是流淌着鲜血的蕾丝餐巾一样掉落在肮脏的地板上。在这片血雨腥风中，克莉丝汀毅然冲向了特林鸠罗，当她触摸到爱人的身体时却发现他几乎就要死去，于是便努力唤醒他。醒来的特林鸠罗抬起手臂指着让·德·摩，而此时这名暴君正被一群年轻人围殴，他虽血肉四溅但身体依然耸立，咆哮声似乎盖过剧院里的所有人或事。

在试着去拥抱特林鸠罗时，克莉丝汀的身体不由自主地颤抖着，但有些畏缩的特林鸠罗并没有躲避克莉丝汀。

这个可怜的尤物，她想，他是不是快不行了？但是，当克莉丝汀沿着他的肩膀、二头肌、前臂、手掌以及伸出的手指一线望去时，她在风暴中心有了新发现。

让·德·摩有一对老妇人才有的乳房。

她不敢相信眼前的一切——让·德·摩不是个男人，而是个经过“改造”的妇女？但是在眼前的证据使得克莉丝汀不得不相信这个事实，那经过缝合的干瘪肉袋证明了那里曾有一对乳房，但仿佛被人故意拼命抹去了原本的存在。

这时，像锣鼓的轰鸣，一个克莉丝汀未曾写入剧本的声音在这紧要关头响起——当然，这个声音对她来说并不陌生，因为克莉丝汀一直都将这个声音珍藏在自己的心中。所有人的注意力都被吸引，将头朝向这个从一团蓝色火焰中传出的声音：

“你当初应该选个更好的方式来处决我。”

第二十九章

火焰的中央是蓝色的。

我的额头上闪烁着蓝光，身体周边也笼罩在一片蓝光之中。在借助“跃动”前往“天穹”的过程中，我的思想与理念焕然一新。我认识到自己的能力并非是力量，不管是过去还是现在。所谓的“力量”不过是人们因对世界的恐惧而编织出的故事，以此来互相恫吓。而我，只是物质与能量之和的一部分，是最小的构造单位，我无足轻重却又等同世间万物。我，就是量子。

依照尼克斯指定的时间与地点，我具形至一间充满了厮杀的房间。眼前的“天穹”一团糟，各个区域的人们都陷入骚乱。因空间旅行而产生的火焰点燃了我站立的地方，并将我吞噬其中，但与记忆中我所遭受的火刑相比则算不了什么。烈火中有着与死亡截然不同的东西，它使我的皮肤皱起并感到刺痛，但程度轻微，而我的头发闻起来有一股木材与硫磺的味道。这时我在这个崭新的剧场中看到了尼克斯，她步入火中与我互相对视。我发现她的身上也没有着火，于是我们就这样站在烈火的中央，只有我的胸腔有些疼痛。

透过舞动的蓝焰，我能辨识出外面的人影，发现眼前正在发生着一场大骚乱。各种颜色与呼号乱成一团，但还是能够看清细节。我能看到肉体——某种陷入狂欢的肉体，而且一段时间后我觉得自己好像看到了某种舞蹈，但最终我知道这是一场充斥着颜色和声音、尘粒与波涛以及淋漓鲜血的激战。一些人的身体在我的面前闪着白光，他们的皮肤没有颜色，清幽得如同鬼魅。

“听。”尼克斯对我说。我听到了，一些白色幽灵正在发出毫无节律的嘶喊，而一部分人则似乎在进行饱含感情的合唱，音色就像怪异的钟鸣，色调各不相同但节律却很和谐，音调高低和悦，仿佛尼克斯和我正在重新调置房间里的能量。

“没有人配得上这样的死亡。”

我不知道尼克斯是不是真的说过这句话，或者是我们交织在一起的身体莫名将这句话带到我的脑海中。色与歌在火焰中翻腾，倾泻，声光不只在我的体外散射，更穿透了我和尼克斯紧紧相依的身体，它们盘旋而上，如波浪般延展。尼克斯的皮肤泛起涟漪，像爱神，如死神，这是让人眩晕的超现实。然后，她上体后仰，逐渐与我分离。

“贞德。”

这次不是尼克斯在说话。

这个声音属于里昂。

火焰的那边是里昂，她就在我的面前，生命力正迅速流失。我放开尼克斯，用尽全力向里昂走去，力量如此之大以至于震颤了整个房间。此时，蓝色的光芒从我周身散射出去，周边的声音如卷入涡旋般消失。为了阻止我，尼克斯试图挽住我的手臂，但我不顾一切地挣脱开她的束缚，几乎将胳膊扭断。当靠近里昂的身体时，我悲痛得已无法言语，受伤的肋骨似乎正在向外爆炸，将我的身体由内向外翻出。里昂，已被开膛破肚，脸色苍白得接近于灰色。

但这时，有一个人从我的身后压上，我识得他的声音，无论身在何处。就是这个声音宣判了我的死刑，我也曾在最后一战的尾声听到他的狞笑。这个声音代表了残暴、威权和高高在上的天空，也就是他将人类像垃圾一样丢弃在废土之上，任由他们腐烂。

让·德·摩锁住我的脖子，开始收紧挤压，在我的耳边低语。当他说话时我都能感到他喷溅在我身上的唾沫。

“你这是要使一只凤凰涅槃重生吗？真够诗意的。现在，我要杀了你，但跟以前会有点不同。我会剥夺你的生命，然后把你的肉体连上一台完美的机器，这样就能保持你内部器官的活性，而那才是你最大的价值所在——你的生育技能。然后，我就可以为这个新世界生产无尽的人口，随心所欲。如果我喜欢，我会让这个世界满是恶魔。你，将会成为一个永久的生育机器，而这会是你唯一的用处。你再也不是神话或者传奇了，也无法成为任何地方、任何人的希望。”

我的喉咙被紧紧扼住，呼吸越来越困难，眼球发热外凸，但比起自己的处境，我对里昂那依然留存的生命力更为感同身受，而且我也感觉到了一些其他的东西。

那个只在我梦境中出现过的女人猛地向我们跑了过来，她通体苍白，闪耀着皎洁的光芒。她用尽气力尖叫着，嘴里不停说着一些奇特的话语，听上去像是某种诗或咒语，力度和声调也越来越高。她吟唱着我的歌曲和传奇，她的名字和向我们冲来的她一样富有冲击力，没错，她就是我梦到过的那个女人，克莉丝汀。

额头附近的蓝光又开始呼啸，仿佛具有了生命力，要为我们伴奏。让·德·摩钳住我脖子的双手松开了，除了我之外，房间中的每一个人都因这震彻骨骼与血液的声音而捂住双耳，从我身体上传出的交响乐般的音爆把房间中的空气和每一堵墙都震得瑟瑟作响。

这首歌从来都不是我身体自发产生的，它是整个宇宙的奇异焦点，只是借助我传导出来而已。

让·德·摩的身体因火焰的灼烧而扭曲，而这片火焰便是我自己。

当我看到眼前的景象，感觉所有的逻辑都被颠覆了。赤裸的让·德·摩，有着一个衰老妇人的身体，上面留有试图对生命进行创造或毁灭的残迹。她比房间中的任何人都要高大，身上的痕刻正在流血，皮肤上残余下的褶皱像章鱼的皮肤般粗粝。

让·德·摩，邪恶之母，毁灭之女。我从对让·德·摩身体真相的震惊中缓过神来，将能量凝结成一道横在我和她之间的墙，而她则向我发起猛烈的袭击。与此同时，克莉丝汀像藤壶般夹住她的胳膊，在上面愤怒地撕咬。

“烧死异教徒！”让·德·摩命令一队高科技卫兵发动攻击，向我倾泻着他们的火焰。

我安然无恙。

“你给我的火焰，我会原封不动回敬给你。你的地球向您问好。”我嘲讽道，如同在念一段台词。

于是，我和让·德·摩之间的肉搏开始了，我和她扭打厮杀在一起，光线与声音也随之扭曲。

“抱住她别放手！”尼克斯大喊。真是在胡说八道，我想，但还是照做了。我将让·德·摩牢牢抱在怀中，既像要一起共坠地狱，又像是一对如胶似漆的恋人，还如两人在进行着死亡之握或永别之吻。我们身下的地板开始融化，当我向下看时，某种霓虹色的通道已经开启，似乎正通向我不知道的地方。我脑子里的那首歌在整个房间中激荡，蝾螈围绕着我们不断闪烁，如同记忆中的鞭炮。一个洞——光洞——出现了。

我终于明白，我创造出了自己的天索。

抓住这个机会，我双手紧锁让·德·摩的喉咙，即便这个站在我面前的敌人像树木一般高大。我打算将这些年地球赐予我的能量完完整整地通过这个洞返还回去，也想使这个怪物重新化为物质，即便搭上我自己的性命也在所不惜。我将把让·德·摩带回地球，让她因高温和辐射而死在我的怀抱中。

墙壁和地板回荡着一波波的音乐，整个房间成为一个星际管弦乐队。这是我头颅中的那首歌第一次在我身体之外的地方同时奏响，此时的它几乎无处不在，激荡在所有的人和事物的周围并引起他们的共鸣。我紧紧攒住让·德·摩的脖子，甚至此前都不知道自己还能使出如此大的气力。

一道强光升起，我和让·德·摩笼罩在一种诡异的安静之中。我感到尼克斯的手放在了我的肩头，听到她对我说：“放下吧，不要再让这样的毁灭继续了。去找其他人吧，去救里昂。这场杀戮也可以化为它的对立面——创造。”

一件可怕的事突然发生了——一个通体鲜红的尸体或者说某个文艺复兴时期的骷髅跳到了让·德·摩的背上。这是一个恶魔还是鹰身女妖？我听到这个手中挥舞着一把大号手术刀的怪物大喊：“这个来自黑暗的魔鬼归我了，我要杀掉这个有着老鼠心脏和肮脏子宫的婊子。”话音刚落，这位红色怪物便用刀刃划破了让·德·摩的胸膛。

这时尼克斯将双手插入新开的刀口，将让·德·摩的身体开膛破肚，然后召唤了一道如星辰般古老的电流。

远处的克莉丝汀，被皮肤上的纹刻图案闪耀得通体雪白，正在奋力搏杀，这样的场景重新定义了“美丽”这个词语。

尼克斯、克莉丝汀和那个红色精灵将让·德·摩围在中间，一起向她倾泻着复仇的怒火。让·德·摩的脚下开始出现很多裸体的孩子们，无从知晓他们从何处而来，但其形成的速度在逐渐变快，体态也越来越丰富。刚开始的人数仅仅是几个，然后是一群，接着是上百甚至更多。让·德·摩的哀号让我的下巴都感到了震动，她的脑袋来回晃动，面部表情极其狰狞。不同的肤色和年龄的孩子从地上爬起，像一群倾巢而出的蜜蜂一样将让·德·摩慢慢吞噬，在这群孩子的啃食下，让·德·摩尸骨无存。

接下来的场景简单得让我心痛。

我蹒跚着走过去找到里昂，捧起了她的身体。我所制造的天索有着蓝色管壁，散发出的光芒就像在这嘈杂地板上的一潭池水。我看着那群随我而来的由男人组成的小军队，他们也已结束了自己的战斗，只是优雅地站立着，集结在天索的入口。这时候，伴随着绚丽的色彩与声音，靛蓝和紫色的火焰熊熊燃起，继而形成一个巨大的蓝色火球，其中回响着死亡的音律，随之而来的一阵迷雾将他们全部带走。最后我又看了那个通体雪白的克莉丝汀一眼，她像拥抱基督一样将那个红色肉人搂在怀里：是的，只能用“基督”来形容这个世界的他了。

带着回到地球的一丝希望，我抱着里昂跳下了天索。

第三十章

“亲爱的，还剩多少时间了？”背靠着外面便是无垠太空的窗户，克莉丝汀让特林鸠罗枕着自己的胳膊和腿，现在的他们正在细细品味着人类色欲所带来的新奇、美好。“天穹”正在向着太阳径直前进，没有任何环境控制力量能够阻止这一新轨迹的运行。他们不停地流淌着汗水，但也许他们并没有真的流汗，只是执着地认为自己已大汗淋漓。

陪伴他们左右的，只有杀戮。

“你知道吗，在描述圣母玛利亚与婴儿耶稣的一些早期画作中，她似乎正在抚摸着耶稣的小阴茎。”特林鸠罗用一本正经的语气说道。

控制不住，克莉丝汀笑了。

“克莉丝，”听到爱人呼唤自己的昵称，克莉丝汀的眼睛涌出了泪水，特林鸠罗继续说道，“你知道软体动物船蛸的生殖器是可拆分的吗？这些雄性软体动物会以一种献祭式的方法来使自己的雌性配偶受精。”房间内的灯光忽明忽暗，但特林鸠罗依然滔滔不绝，“雄性船蛸有一只‘交接腕’比其他软腕更长，用于将精子注入雌性体内。‘交接腕’平时贮存精液，当雄性找到合适的交配对象时便会在交配过程中扯断这根‘手臂’。我可是经常会想象这一场景。”

在苦笑与啜泣之间，克莉丝汀问：“你这脑袋里还有什么存货呢？”

“好吧，既然你问了，雌性斑点鬣狗的生殖器——那些鬣狗，你还记得它们是什么样子吗？”

克莉丝汀点点头。

“雌性鬣狗的生殖器与雄性的非常相似：阴蒂无论从外形还是位置上都与阴茎相似，而且还能勃起！雌性鬣狗没有外阴，阴唇向中间聚集形成假阴囊，顶端的假阴茎则是由中央泌尿生殖道转化成的，雌性鬣狗依靠假阴茎来进行排尿、交配和生育。”一阵低沉的电子声传出危险警告，但特林鸠罗没有停下。他所做的设定无法被别人纠正，他对“天穹”轨迹所做的修改只有他自己知道，也只有他才知道如何撤销指令。

“较之于其他动物，雌性鬣狗这种不同寻常的特质使得公鬣狗交配更加费力，”他继续讲着，“但对于雌性鬣狗而言，这也确保了强奸是不可能发生的。”特林鸠罗停顿了一下，“豹纹蛞蝓有一条长长的蓝色生殖器，从它们的头顶伸出。”他凝望着太空，补充道："还忘了讲讲鸭子们开瓶器般的螺旋生殖器了。"

"在生命即将结束时你难道就考虑这些东西吗？"克莉丝汀温柔而充满爱意地问，也许她从未在之前的对话中如此饱含深情。

"生命。我想的是生命。"特林鸠罗回答，"它真的很美好。如果事物有序，它肯定是这样的。也许，下辈子，你和我能找到一个合理的方式。我们一手造就了即将发生的事情，对于接下来的一幕，我很抱歉，因为下面要说的确实太迟了，但我还是想确保把这玩意儿弄进去。"他抬起头看着克莉丝汀，没有眼皮，鼻子几乎全被毁掉了，"道一声迟来的'生日快乐'，你是月亮编织出的天空之歌，你是娇艳欲滴的花朵，你会永远完美地绽放下去！"

克莉丝汀张开双唇迎向特林鸠罗，两个灵魂紧紧交融在一起。

几天之内，他们和所有"天穹"中留存的生命被太阳耀斑的辐射所烧毁。太阳，生之溯源，也是魂之火狱。

第三十一章

里昂的身体回到了地球，这是我唯一在乎的生命。我知道，将她带回地球后，我也将结束自己的生命，但我并不在乎，她会活下来并活下去的，不管这意味着什么，而一些我们还不知道的故事却从之前所发生的一切中找到了解答。

“为什么非得用死亡来解决呢？”里昂挣扎着倚靠在一块巨石旁，眺望着蓝洞洞口附近的海景，而我则枕在她的腿上。里昂依然虚弱，但她的身体终将痊愈。

“这是我所能尽的微薄之力而已，”我回答，“我的身体将转化为某种意义上的催化剂。”

里昂有些咳嗽。

她闭上眼睛，聆听着海浪冲刷岸边鹅卵石的声音，发出的碰撞声听上去像是一种全新的语言，而且似乎从现在起世间万物都会拥有一个全新的起点。每一种元素、事物与能量都会重新定向，向着不同的模式与形式发展。当她再次睁开眼时，她的瞳孔、角膜和虹膜看上去就像是巨型星云。

我坐起身来，嗓子里像压了块巨石，几乎让我无法言语。

我钻进里昂的怀抱中，将自己的头依偎着她的颈窝，她的身体就是一个真正的港湾，比地球更显壮阔。

久违的夕阳亲吻着远处的海天线，景象壮美却给人以不同的感觉。它看上去……我找不出词来形容，不过没关系，总有人会创造一个新的单词来形容它。我微笑着，即便眼泪盈满眼眶。我努力想记下里昂的面容——她的脖颈、下巴、肩膀和每一个细节。

“你准备在哪儿举行这场别具一格的自我献祭？”里昂问。

“沙捞越洞窟，在你觉得合适的时候。我学会了一种新的旅行方式，到时候希望你能在场。”

里昂大笑起来。

“另外这也不是什么‘自我献祭’。”我忍不住去纠正她。

“为什么选那儿呢？”

“生物多样性。”我说。里昂面无表情地看着我，或者带着某种怀疑的态度。“不过还有一个选择——原俄罗斯附近的冰层下面。”

里昂将目光重新投到海上，“我觉得第一个不错，俄罗斯太他妈冷了。”

她在我的身下挣扎，这使得我不得不从她温暖的身体里起身，把她紧紧抱住，越过她的肩头说话。

里昂推开我，坐得像一片笔直的页岩，眼神像子弹一样射来，“我恨你！”

但我知道她会为我做任何事情。“里昂？”

“什么？”

我难发一言，试着用躯干和手臂来表达情感，用肢体语言进行交流。我希望她能感受到我的感情，与我共沐爱河，即便这意味着痛苦。我想用我的一切给予她前所未有的爱，对她说一些与普通恋人间不同的漂亮情话——不落俗套，别出心裁。

我眺望着黄昏的景象，看向海天相交的地方，那里暮色与黝黯的深海汇成一色。繁星点缀的夜空马上就要来临，将和傍晚的海景相映成辉。

我和里昂脸颊相贴，将嘴唇压上她嘴唇，刚开始她有所抗拒，但慢慢就停止了反抗。

唇齿交汇，身心交融，胸膛紧贴胸膛，我们静静翻滚着——两个纠缠在一起的身体成为一个小小的宇宙，星体在我们的体内爆燃，两人的骨骼在畅快地歌唱。我没有杀死她，她也没有死去，但欲望在我们之间绽放，充盈着我和她饱经摧残的肉体。这样的我们并不会怀孕，繁衍也与此时并不相关。

她只是用吻锁住我的唇。

感到她灼热齿舌的我点点头，用吻表示同意。

时间来到，里昂只一抬手便将“小蜜蜂”从腿套上取出，我们拥吻在一起，温暖而湿润的血从我的脖颈流向她握着匕首的手上。我试着吞咽，血液更猛烈地喷涌而出，所有事物变得模糊，冰冷，但依然呈现出另一种美，如同显微镜下的世界或无垠的太空。

我吃力地呼吸着，但终于还是停止了，眼前变得模糊，空白，但我知道里昂会帮我合上双眼的，然后会将我带去大地、海洋与天空相交汇的世界边缘。她将把我的躯体埋进重生的海畔，然后再平躺在我的身上。

一天一夜过去，即便早已感觉不到我的生命迹象，里昂依然没有动弹。我的头颅成为蛆虫的乐园；躯体与肋骨融入泥土，在板块的交界处延伸；股骨、胫骨、指骨和曾是生命摇篮的盆骨分崩离析，重构成新的DNA序列——我不知道身体将最终归于何方，我只知道人类源于眼前的万物。

这是一个爱人对另一个爱人的请求。

我身下的泥土变得湿润，向着各个方向翻腾。

这是一个全新的故事，引领着幸存者们去往尚不可知的未来。

第三十二章

里昂将手伸入紧贴“小蜜蜂”的口袋，取出贞德给她的一件东西——它物质化，可触摸，却仿佛是来自另一个世界的圣物。这是一张纸。

里昂：

如果世上真的有灵魂这种东西，那么你就是我的灵魂。

我有很多事情想对你说，我必须承认，它们很荒谬，但这又有什么关系呢？生命早在很久之前便失去了它的价值。我很羡慕你的执着，就好像这里有我们能够为之奋斗的目标与生活。不知道有没有和你说过，你是我这一生中遇到的最出色的飞行员、神射手、歌手和善饮者。是的，我还没说。对你在余生还得与一个近乎于哑巴的孤独者为伴，我感到很抱歉。

你知道的，我为我们随身携带了两张纸——你曾经时不时地让我拿出它们，只为了嗅嗅上面的味道。不知道从何时起，也不知道为何，你不再这样做了。我觉得这是因为你认为我们的生活将只剩下流浪与存活，所以对别的什么也不抱幻想了。

使用其中的一张纸，我写了一份给人类幸存者的信。是的，我指的是最后那个男孩，他试图让我们相信还有其他的人类生活在别的地方，于是我便写了封信让他转交，记起来了吗？那时你是不是感到很诧异？我知道你认为我与行尸走肉别无二样，也许你是对的——或许我就是我此前躯壳的僵尸版。我时常在想，为什么你不趁着月黑风高一刀结束我的痛苦？我有时觉得你说不定曾把“小蜜蜂”的刀锋抵上我的脖子，却犹豫着不肯动手。你的心确实宽广，你知道吗？我知道，你一生都在假装着深沉与玩世不恭，不肯与任何人、任何事产生羁绊，远离“爱”这类的词汇；但我也知道，你有着丰富的情感，如脉冲星一般搏动。你竟然没有像超新星一样由内而外地迸发，这真是一个奇迹。

另一张纸便是你现在拿的这张。瞧，我确实跟你有些共同话题的——海洋，宇宙。

里昂。

如果你先我而去，我肯定会毫不犹豫地随你而去。也许我会走进大海，化作某种“逆进化”的哺乳动物，回归我的蓝色家园，在里面畅快呼吸；也许，我会从悬崖边纵身一跳，放飞自我，然后自由坠落。

我知道你会觉得我很烦，所以就不……啰嗦了。我很多年前就发现——就是我从拉斯科洞窟被你唤醒的那年——我的语言有时会与动作不同步。我只记得在昏迷前曾遭遇火刑——被俘，受刑，审判，然后是火刑。

从那时起，我重生了。

过着洞穴生活，与那些因天敌业已灭绝或濒危而得以兴盛的新物种为伴。

我从没问过我是怎样从刑场活下来的。我从那儿之后只有一个想法：你是我新故事中史诗般的另一半，我们将在余生中一道“继承”这个蓬勃发展的地下世界，而如果世界依然“正常”，那么你我就不会有这般选择。

瞧，不是写信，我又怎么能告诉你这些。从已知的故事中，我并不知道我们将会成为怎样的人。如果历史、溯源或预言中没有提到我们，那么我们又是谁呢？

故事线是不是会朝着某些未知方向发展？

我们这两个“逆进化”的人将不会在这个世界上留下任何痕迹，有个已知的单词可以形容——“无形”，甚至不如空气和呼吸。有关于我们的存在，除了你那精致优雅的皮肤，几乎没有什么可道之处，特别是我，流传于世的只会是那些关于我的、听上去极其愚蠢的传说。

你的皮肤是一首无声的歌。

这就是我们的一切。

自从我们意识到已与人性疏离之后，我曾无数次想到这样一个问题：在人类将牲畜与农作物从它们原本与物质的关系中剥离出并进行繁育之前，它们是不是就是这样的感觉？想想看：如果人性消失了，即便科学发现、知识与文化达到了顶峰，那又有何意义呢？

瞧，要大声说出这些并不容易，已经没有任何理由去对哲学加以延伸了。只有“存在”尚有意义。我认为“知识”仅有一个价值，那就是其能否有利于一个兴盛物种的生存与发展。如果不能做到这点，那么它就仅仅是精神的臆动，而如果不能与其他有生命的事物建立联系，精神的臆动将会变得漫无目标，失去其中终极宗旨。这很有趣，是不是？大多数伟大的思想家对“联系”的研究一塌糊涂，有时非常糟糕，有时则会很残忍。

事实上，我很庆幸没有把这些话直接对你说！你要是听了一定会捧腹大笑，然后扔给我一瓶蒸馏过的什么东西，骂上几句，摇摇脑袋，盯着篝火，接着磨你的“小蜜蜂”。

人类总是以某种堂而皇之的高尚理由制造种族屠杀。真的，当我想到因此而产生的巨大灾难时，自杀真的是比较好的解脱方式。

如果答案在底层的更深处，如原子般微观、微小呢？也许正是因为渺小才使人无法加以探究——所以人类总是向着太空寻找答案，只关注星云而忽略自身。

我又哭了，我总是在哭，这已经成为我的一种存在状态而非孤立的情感体验了。不得不说，在远离人类的情况下，挥泪如雨、泪涌如浪这样的情况的确很应景。远离了同类，我已经和周边的那些事物没什么区别了。

妈的。我不知道为什么无法和你好好聊聊。你在这片愚蠢的泥淖中也很孤独，无处可去，无路可走，无计可施，只能和我一样干坐着。可即便这样，我也没法像平常人那样和你好好聊聊，谈谈——或者跟你说说我的感受，抚摸你，或者做点别的什么事情。

我记得你对我说过的每一个字。在纳拉库特溶洞，你说黄昏与黎明对我们而言已经改变了极性，这是个比喻。我们一起看着洞穴中所谓的“夜空”慢慢变成清晨。你说由于我们不再受白昼与黑夜的束缚，因此我们也不再受开始与结束的局限。

在新西兰的怀托摩洞穴，你说洞穴生活就如同子宫的整个孕育过程，我可是花了一整年来思考这句话。我想你比我认识的其他人都要聪明，我觉得你是在指地球的意义不局限于孕育人类文明——人类对自己的理解是错误的，把整个故事都搞错了方向。

在厄瓜多尔的叶苏尼，你说我们在生物多样性最丰富的生态系统中过着达尔文式的生活。你曾说生命强过性交。是的，你说过这话，尽管你指的是生物多样性要比石油开发活得更久。但是我喜欢你的措辞，它们严谨而充满诗意。你说过，为了金钱，地球上生物多样性最为丰富的地方已经被永远毁灭和断送了。当你说这句话的时候，我想会有上万个昆虫品种对你的说法表示附和。

在猛犸洞的时候，你承认自己曾很喜欢美国，你说当自己还是个小孩的时候喜欢看电影，尤其是好莱坞电影。你说电影的消逝比人类的灭亡更让你感到悲伤。当然，我那时并不相信你，但后来却渐渐信了。

我把这些年你说的琐碎之事记得清清楚楚，比如说我记得你曾提醒我头发里粘上了苔藓，而且还轻轻地将它弹走。但是你又把它捡回来，重新放回我的头发里，一句话不说，只是冲着我傻笑——那时，我们才意识到，在剩余的时间里，不管什么时候，在这个地球上你我能遇到的只有彼此。

除了在这张美丽的信纸上写的，我还想告诉你很多很多。

包括：你值得拥有比我更好的东西——我只是个从故事中退出的傻瓜和无用之人。你值得一个比现在更好的世界；你值得拥有从人类进步及其小小失败中汲取的经验、教训以及更大的发展；你值得拥有“爱”——这个词一次次地从此前的固有定义中升华；你值得拥有一个不缺少情欲的世界和一个自由的宇宙；星辰的死光满含痛惜地将你的名字镌刻在夜空中；海洋在一次次昼夜交替中为你的身体在岸边吟唱赞美诗。

包括：你我的身体紧紧地交织在一起。

如果我死了，请把下面的诗对着泥土大声诵读。当周围的一切都在呻吟时，我会忆起它以鼓起活下去的勇气。这首诗的作者是一个女人，我早已忘了她的名字，但我希望有更多的新名字出现。当初背诵这首诗时，我还是个小女孩，那时我的童年还在。请一定为我举杯庆贺！你的酒量可是大过我所认识的任何男人、战士或其他什么人，堪比诗人。如果我归于大地、星辰、水或宇宙，请用你的嘴读出它，将这首诗作为告别纪念。我喜欢你的嘴唇，却无法像轻声细语一般温柔地吻上它。

伤痕

让名字像飞鸟般翱翔，

让故事永不凋零。

忘掉你已变成轻巧翅膀的双臂，

忘掉你已化为鳞片与鳍的皮肤，

忘掉你哺乳动物的器官，

用初生之眼看透死亡。

扎根，分蘖，开花，结果。

埋在子宫的最最深处，

你不仅仅是活着的骨头，

你也不是孤独的爱人。

里昂的声音没有一丝颤抖。在朗诵完毕后，她将这张纸撕得粉碎，一片片地吃光。

第三十三章

该用什么词来形容她的身体?